大连外国语大学2017年学科建设经费资助项目

"十三五"国家重点图书出版规划项目

西班牙语文学译丛
尹承东 主编

残酷的故事
Cuentos Crueles

〔巴拉圭〕丽塔·佩雷斯·卡塞雷斯 著
魏媛媛 译

中央编译出版社
Central Compilation & Translation Press

图书在版编目(CIP)数据

残酷的故事／(巴拉圭)丽塔·佩雷斯·卡塞雷斯著；
魏媛媛译．—北京：中央编译出版社，2019.5
书名原文：Cuentos Crueles
ISBN 978-7-5117-3511-9

I.①残… II.①丽… ②魏… III.①短篇小说—小
说集—巴拉圭—现代 IV.①I781.45

中国版本图书馆 CIP 数据核字(2019)第 057381 号

Cuentos Crueles by Lita Pérez Cáceres
Copyright©Lita Pérez Cáceres
Simplified Chinese translation copyright©2019
by Central Compilation and Translation Press
All rights reserved.

残酷的故事

出 版 人：葛海彦
出版统筹：贾宇琰
责任编辑：苗永姝
责任印制：刘 慧
出版发行：中央编译出版社
地　　址：北京西城区车公庄大街乙 5 号鸿儒大厦 B 座(100044)
电　　话：(010) 52612345（总编室） (010) 52612335（编辑室）
　　　　　(010) 52612316（发行部） (010) 52612346（馆配部）
传　　真：(010) 66515838
经　　销：全国新华书店
印　　刷：河北下花园光华印刷有限责任公司
开　　本：880 毫米 ×1230 毫米　1/32
字　　数：98 千字
印　　张：5.375
版　　次：2019 年 5 月第 1 版
印　　次：2019 年 5 月第 1 次印刷
定　　价：28.00 元

网　　址：www.cctphome.com　　　邮　　箱：cctp@cctphome.com
新浪微博：@中央编译出版社　　　微　　信：中央编译出版社（ID：cctphome）
淘宝店铺：中央编译出版社直销店 (http://shop108367160.taobao.com) (010) 55626985

本社常年法律顾问：北京市吴栾赵阎律师事务所律师　闫军　梁勤
凡有印装质量问题，本社负责调换，电话：（010）55626985

丽塔·佩雷斯·卡塞雷斯，
巴拉圭短篇小说大师

不久前，我因要为我们大学举办的国际研讨会准备论文，故有幸深入拜读了丽塔·佩雷斯·卡塞雷斯的作品。在阅读的过程中，我发现丽塔·佩雷斯·卡塞雷斯的小说可以通过美学观的视角进行更广泛、更有深度地领会、解读和赏析。她的小说《秘密的拼合》(2002)是一部风格独特的无情节小说，即反小说 [丽塔·佩雷斯·卡塞雷斯，《秘密的拼合》(亚松森：观点出版社，2009)，第14页。本文中涉及这部作品的其他评论将在括号内用大写字母E标记出来]。没有接触过这种风格的读者可能会怀念传统小说不可或缺的结构，因为无论它的风格是多么标新立异，倘若没有结构，整部作品也不过就是一本短篇小说合集。但事实上，正如作者在前言中所极力阐述的，丽塔的作品是一部将不同的人物命运拼合起来的家庭沉浮史，她将小说女主人公们的主要生活背景共同设定在亚松森和布宜诺斯艾利斯，然后分别讲述她们的"秘密"，这些"秘密"在相同的背景、不同的故事中展示了她们的人生是如何"拼合"在一起的。隐藏在这部小说里的巧妙情节恰好就是一个应由读者去发现的"秘密的拼合"。以这样的方式沉溺于这部内容丰富、情感动人、充满惊喜的作品中时，阅读就会化作极致快乐的源泉。为了更好地欣赏这部作品，读者可以把自己化身成女性，因为只有这样才能让自己从女性的视角来接受丽塔·佩雷斯·卡塞雷斯在这部小说中为我们提供的革命性的美学观。

大约在1965年到1980年间，德国康斯坦萨大学的一群学者聚集在一起编写了一套在创作过程中聚焦读者角色的理论。面对结构主义、语符学派和生成论的失败，汉斯·罗伯特·尧斯、沃尔刚夫·伊瑟尔、雷纳·沃宁连同其他一些学者超越了把读者的看法只当做客观存在的观点。他们从埃德蒙德·胡塞尔的学生、波兰现象学家罗曼·英伽登的理论中获得了灵感。作为老师的埃德蒙德·胡塞尔早前就曾说过，艺术作品永远是其含义应该由读者去解读的有意为之的产物。同为埃德蒙德·胡塞尔学生的马丁·海德格尔也不赞同将读者当做客观存在，他支持"此在"即"我的存在"或"人的存在"概念，认为人类的意识是通过世界的存在而存在。最终在汉斯·格奥尔格·伽达默尔创作的文学分析体系的基础上，汉斯·罗伯特·尧斯认为文学缺乏终结意义，并得出了接受美学的理论基础即"期待视野"。上述理论家以及美国的史丹利·费雪和意大利的安贝托·艾柯所做的贡献是为文学解读彻底脱离那种刻板的、服从于单一含义的假设模式创造了条件。而这种模式,是评论家不得不通过冰冷、生硬的方法去发现的所谓的假设[《接受美学汇编》(马德里:维索尔,1989)雷纳·沃宁的重要论文选集为上述运动提供了一个精彩的概论)]。

《秘密的拼合》这部作品邀请读者在解读时积极参与其中,不单要理解作品的含义,更要理解作品的结构。弗朗西斯卡和她的女儿们洛伦萨、帕斯托丽塔、卢克蕾西娅以及其他女性,比如讲述者的外祖母——爱尔维拉,这些人物的故事在丽塔·佩雷斯·卡塞雷斯的小说中随意拼接,使小说的叙述中心不复存在。拉美文学大爆炸时期,加夫列尔·加西亚·马尔克斯的《百年孤独》是描写布恩迪亚家族的小说,构建了一种规模如《圣经》般庞大、繁复的人物关系,其中充斥着各种各样虚幻和夸张的情节。大爆炸后期,伊莎贝尔·阿连德的《幽灵之家》中特鲁埃瓦家族的故事则充当了美洲社会和政治恢复时期的背景。而《秘密的拼合》独创性地分解了叙述的中心,丽塔通过这种结构将小说中的每个故事与人物置于同等重要的地位,利用家族几代人的故事将它们拼合起来。这种小说结构将读者转化成女性视角,唯有这样,读者才能享受阅读的乐趣,比如绣花女爱尔维拉编织自己和"旅客"路易斯·雷古雷斯之间的爱情关系。路易斯·雷古雷

斯不停地在爱尔维拉和他生活在布宜诺斯艾利斯的妻子的爱情中转换角色:

"爱尔维拉把这一切处理得都很妥当,她需要养活孩子,还要激发'旅客'的激情。他每个月都会抛下她,然后又总是回到她的身边,因为他无法割舍这段我外祖母在他内心精心编织的情网。"(E 第 67 页)

"唯有女性,"作者说,"能够实现赋予生命的奇迹,进而通过坚不可摧的家庭关系编织人物的命运。"(E 第 145 页)这种没有叙事中心的小说,例如《佩德罗·巴拉莫》,给读者提供了无穷无尽的线索。

此外,丽塔·佩雷斯·卡塞雷斯的这种故事拼合不仅是有关女性家务技能的比喻,更是形容女性在社会中的重要地位。大爆炸后期其他女性作家的作品中,例如安赫蕾丝·马斯特雷塔、劳拉·埃斯基维尔,甚至阿连德本人,都如《秘密的拼合》一样描写过女性传统的烹饪技能。缝纫、刺绣、编织等都不过是女性在家务技能方面的另一种表现形式。但赋予生命却是一种女性独有的高级技能。只有当视角女性化后,才能够接收到那些为更专注、更具有创造力的读者所设定的愉快的阅读体验:为小说的意义本身赋予生命。

然而,除了为读者提供这种特殊价值以外,我们的作家丽塔·佩雷斯·卡塞雷斯还有许多其他贡献,作为如今的巴拉圭短篇小说大师，最突出的贡献当属那些水平高超的短篇小说。例如《情书》，那么完美无瑕的文风，那么有深度的心理描写，以及那么成熟的人物和情节建构，毋庸置疑能够代表巴拉圭文学入选当代拉美最佳短片小说集。

丽塔·佩雷斯·卡塞雷斯的选题似乎取之不尽用之不竭。她擅长用史诗般的语气去讲述平凡的生活，将日常生活当做一件崇高的事情，从不可替代的女性视角来看待这个日趋暴力和腐败的社会。她对于新文体有着睿智且大胆的尝试，例如在《我和加德尔》中那种融合了恐怖灯元素的文体，作者这些写作特点为这篇引人入胜的描写人物性格的小说赋予了光芒。而她所有的短篇小说中，爱情至上，英雄主义，爱国情怀，宽容豁达和对恶势力的坚韧不屈最终取得了胜利，今天我们比以往任何时候都更需要这些价值观。

自拉美文学大爆炸后的20多年以来，巴拉圭小说也在使用盛行于美洲的新的小说体裁，并日益摈弃先前的做法。但这些作家无意扼杀前辈的创作模式，而是这些作家下定决心要重塑社会楷模，同烦琐、注重文字的自恋型文风彻底决裂，他们在探索拉美文学解放的途径中让自己的想象力变得更有价值，而不是在国外的陈词滥调和普遍做法中寻找惯例。

世界最知名的西班牙语美洲主义者之一、哈佛大学教授多丽丝·索默，和神甫阿隆索以及奥古斯托·罗亚·巴斯托斯共同创建了北方大学研究生院,她在其关于大爆炸前期的拉美伟大小说的大型研究中分享了她对这部作品的喜爱。她的这项研究涵盖了从伊萨克斯的《玛利娅》到加莱戈斯的《堂娜芭芭拉》的所有作品。索默的评论一向以坦率和严苛著称,她不满文学大爆炸时期的作家"坚定地认为先前的拉美小说没有价值……这些人宣称自己是文学孤儿,他们将拉美文学翻开了新的一页,舍弃了从前那些伟大小说的写作模式,这样他们就能自由地在国外当学徒"。[多丽丝·索默,《早期的虚幻作品,拉丁美洲国家小说》(波哥大:经济文化基金,2004),第17页]丽塔·佩雷斯·卡塞雷斯等女性作家的想法与他们大相径庭,她们不否定前辈作家,而是沿着胡安·鲁尔福、奥古斯托·罗亚·巴斯托斯、马里奥·贝内德蒂和曼努埃尔·普伊格这些后爆炸时期的先驱们所绘制的道路继续前行。

对于北方大学出版社而言,能够出版丽塔·佩雷斯·卡塞雷斯的短篇小说选集实属一件幸事。她的作品如同巴拉圭当代文学一样,题材风格日益多样化,写作技巧日益精湛,愈加具有原创性和美感,是巴拉圭当代文学的真正瑰宝。

胡安·曼努埃尔·马科斯

北方大学

佩雷斯·卡塞雷斯其人其作

2015年6月，中央编译出版社出版了巴拉圭爆炸后代表作家胡安·曼努埃尔·马科斯博士的名作《甘特的冬天》，同年8月，我作为译者受邀去亚松森①出席此书中文版的发行仪式，并出席与此有关的一次国际学术研讨会。或许是由于我国极少介绍巴拉圭文学（此前我国仅翻译出版了一本巴拉圭著名作家罗亚·巴斯托斯的《人之子》），而出版《甘特的冬天》似乎成了轰动该国的新鲜事，也或许是由于两国尚未建立外交关系，中国大陆鲜有人进入这个南美唯一的内陆国家，巴方给了我超乎寻常的热情接待。除了各大报纸进行采访发消息外，到达的第二天晚上，国会议员、北方大学校长，也是《甘特的冬天》的作者胡安·曼努埃尔·马科斯专门为我组织了欢迎宴会。在这个宴会上，最令我兴

---

① 巴拉圭首都，也是巴拉圭最大的城市。

奋的是有不少巴拉圭知名作家到场,而席间马科斯博士特别给我介绍了一位气质不凡、和蔼可亲的女作家——丽塔·佩雷斯·卡塞雷斯(Lita Pérez Cáceres)。而当时这位女作家便邀请我与她共同在对世界播出的首都"24小时广播电台"做一个时长两小时的交谈拉丁美洲文学的节目。在这个节目中我们合作得很愉快,其间她既是主持人又是评论者之一。我的主要话题是介绍中国翻译出版拉美文学的情况,而她则以我的话题为主线,驾轻就熟地即刻连线各方,邀请七八位该国著名作家分别与我对话交流、一起讨论拉美文学,形式生动活泼,内容丰富多彩,充分显示了她的主持才能和对拉美文学研究的造诣,给我留下了非常美好而深刻的印象。

丽塔·佩雷斯·卡塞雷斯1940年生于巴拉圭亚松森,1947年随家庭移居阿根廷,1965年重返巴拉圭。她是一位多才多艺的学者,一生在各种媒体从事过新闻工作,当过报纸记者、电视制片人、电台节目主持人和特约评论员,并一直身兼大学教授。她是一位著名的现实主义作家,尤以中短篇小说见长,被称为"当今巴拉圭短篇小说大师"。她的作品,如《情书和其他故事》,从美学的角度欣赏可说达到了完美无缺的高度,在人物塑造上,心理描写是如此的细腻深刻,成熟得无可挑剔,在故事结构的编制和情节描写的娴熟度上同样令人惊叹。总之,在当今整个拉丁美洲优秀短篇小说的创作领域,无疑她是巴拉圭文学的代表。

从1997年至2012年，卡塞雷斯已出版长篇小说、短篇小说集、传记共计十二部作品。其中短篇小说集有：《玛利亚·马格达莱娜·玛利亚》（1997）、《花园里的反叛》（2014）、《激情》（2006）、《情书和其他故事》（2010）等六部；长篇小说有：《秘密的拼合》（2002）、《黎明的阿玛利亚》（2004）、《伤悲的马戏团》（2012）；传记有：《我和埃尔米尼奥·希梅内斯的生活》（2005）、《路易斯·博尔顿：人生与作品》（2008）、《我是竖琴》（2009）、《我像蝉一样边走边唱》（2010）。佩雷斯·卡塞雷斯的作品多次获得国际和国内文学奖，并被翻译成英文、俄文、罗马尼亚文、匈牙利文等多种文字。

这位女作家认为作家有一种特殊的才能，他们的眼睛像超人一样，如同X光，可以看到超越现实的更深远的东西。她还认为，所有人都诞生于现实之中，作品中的人物跟我们每个人一样行走和呼吸，所以读者读她的作品始终有一种身临其境的感觉，对作品中的人物如见其人，如闻其声。然而她也认为所有人也都有自己不愿向人表白的秘密，就如我们所发现的那样。她的这种观点时时显露在她的作品之中。

《残酷的故事》是作家最喜欢的作品之一，写的是一场疯狂掠夺的侵略战争给巴拉圭富饶的国家带来的惨不忍睹的破坏和给他的人民造成的令人发指的灾难。巴拉圭人民和中国人民一样，对历史上遭受的一场残酷的侵略战争的记忆和怨恨永远挥之不去。1864年至1870年，为了掠夺巴拉圭丰富的金矿和石油，阿根廷、巴西和乌拉圭组成三国同盟，对巴拉圭发动了野蛮的侵略战争。宁死不屈的巴拉圭人民万众一心、奋起抵抗，在六年的惨烈战斗中百分之八十的男人战死，战后男人只剩下了老人和儿童，巴拉圭成了实实在在的"寡妇国"。自然，大片的国土丧失，使巴拉圭变成了南美唯一的一个内陆国家。所以，巴拉圭文学至今仍像中国人民对抗日战争的记忆一样，将这一历史时期作为创作的永恒主题，包括前面提到的《甘特的冬天》。《残酷的故事》是反映这一时期巴拉圭社会场景的典型作品，尤其是对妇女的歌颂和同情，比如作者说："唯有妇女能创造出制造生命的奇迹，是妇女通过家庭这一牢不可破的脉络把人的命运维系在一起。"这是因为在三国同盟战争以后，妇女被迫成了这个多灾多难的国家的主宰和耕耘者。你到巴拉圭去，主人带你参观的第一个场景必然是亚松森市的一个伟岸的女人塑像。那位高大的女人身后是一个躺着的男人，表示男人已在战争中殉国；女人手里则牵着一个儿童，表明现在这个国家就剩下女人和孩童了。但那女人的形象是威武雄壮的，表明她们将不畏任何艰难困苦，勇敢地承担起重建家园的重任。

《残酷的故事》是巴拉圭短篇小说具有代表性的作品，它的出版可以让我们对这个国家短篇小说的写作特色管中窥豹，甚至对南美这个与我们国家文化相对隔绝的国家的整个文学创作有更多一些了解。

尹承东

2018 年 11 月于大连外国语大学

目 录
Contents

1. 我和加德尔　001
2. 上帝呀，让我忘记　009
3. 沙坑牢狱　013
4. 双鱼座旅馆　019
5. 玛利娅·玛格达莱纳·玛利娅　030
6. 爱情的力量　033
7. 无名士之墓　037
8. 路易莎姐妹的火车　044
9. 恩里克·图多里的城堡　052
10. 永别了，佩德罗　059
11. 旅途愉快　064
12. 远离伊甸园　070
13. 萨拉·金兰的秘密　084
14. 生日快乐　092
15. 反叛的下场　097

16. 白额马   106

17. 穿越彩虹桥   111

18. 兄弟情   117

19. 觅得我归宿   126

20. 激情小屋   135

21. 祝福妈妈   141

1. 我和加德尔

　　罗伯托把加德尔带来那天，我好像又重新感到那样的幸福和欢愉了。它是那样的娇小玲珑，浑身毛茸茸的，两只小眼睛露出狡诈而机灵的光芒，我马上把它揽在我的身边，完全被它征服了。我觉得漫长的两人生活已令我们感到有些厌倦和麻木了，以致罗伯托坚定不移地忙于工作，一丝不苟地尊重我们的同居规矩，犹如那是基督教的十诫，结果他意识到我几乎就要患上危险的精神忧郁症了。

　　幸好，这一次他为了我们和睦相处做出了让步，甚至一开始就原谅了我的癖好，让加德尔跟我们睡在一起。我给加德尔买了一个柳条摇篮，还有一个闪闪发亮的大枕头。但是没想到这个摇篮让它产生了变态反应，很快它就发了，摇篮容不下它了。于是，它就轻轻地爬到了我们床上。我佯装继续睡觉，仿佛对那个压在我脚上的一天天长大的躯体没有感觉。罗伯托同样如此，尽管有时会轻轻踢它几脚让它回到它的摇篮里去。当然,加德尔也早已从它的爸比和妈咪那儿学会了装傻,就这样我们一起睡到黎明。当它伸着懒腰、把已经长得相当长的双腿伸开、开始不断地舔着舌头让我们搔它的脖颈的时候,我们三人都感到非常快活。那是一种十分惬意的事,我们组成了一个家庭。

当我不得不把它转移到尽头的房间里去时——那儿是藏匿它的最佳地方——我们第一次要分开了,因为如果行人怀疑我们有这么个"儿子",这儿是不允许家养这种普通动物的,那事情可就不好收拾了,加德尔肯定会立即被驱赶。

没有人想到它的天性是如此地亲切、和蔼而温顺,因为在它还是一个小猫崽的时候,它就显示出一种庄严不凡的神气了。

就因为这个缘故,所以每当我不得不下楼去买牛奶或者买个毛线球让它玩耍的时候,就把它关到那个房间去。一个个的毛线球,转瞬间就被它撕扯得粉碎,以致市场上那位夫人竟问我是在织什么毛线活会用那么多毛线。这些女邻居是如此地好奇和爱管闲事,不过一旦你需要她们的时候,她们可就从来不会……好吧,就说我的金丝鸟帕瓦罗蒂死的时候吧,她们没有一个人来为它守灵,可我是通知了她们的呀,但是现在这对我已没什么要紧了,因为我和加德尔比任何时候都好。

罗伯托有点吃醋了,因为当他下班回来的时候,我再也不能像从前那样出门去亲昵地迎接他,让他高兴了。他什么也不说,因为他知道我不可能只是为了去迎接他就把睡在我裙子上的加德尔唤醒。要说他什么也不说那也不符合事实。有一天晚上，当我上床后向他撒娇表示亲昵的时候，他对我说，即使我洗上一百次，身上也还是有野兽的味道。那可真是有点侮辱我们，因为加德尔身上非常清洁，没有一天我不梳理它那镶着黑条条的金黄色的毛，我的这个小宝贝真的是很时尚。直到上一周，我还把它的牙齿彻底清洗了一次。刷子是从兽医外科那儿买来的。可是礼拜一它咬了我，当然是无意的。可它的目光变了。转瞬间，当它看到我用嘴舔血的时候，立刻痛苦地流下了眼泪。它又成了我乖乖的小宝贝。

那个我长久期盼的小宝贝已经来到了我的身边，它就是加德尔。当我在肉店里，那个住五楼的女人挺着她怀孕的大肚皮露出一副公主般的神气鄙夷不屑地看着我，好像是看一个女用人的时候，我真想高声地把这件事宣扬出去。如果她知道了我的加德尔，如果她看到了我的加德尔，她会嫉妒得要死，气得脸色发青，甚至会生下一个丑得像外星人似的孩子。但是我不能把事情张扬出去，我得保守秘密。罗伯托要我发誓做出保证……因为如果大楼管理员知道了这件事，连我们都会被赶出去，那时就没有了像现在这种宽敞、古老、廉价的房间，可以让加德尔在半明半暗的大厅里散步了。加德尔散步的时候摇晃着长长的尾巴，嗅闻着各个角落，用它的胡子测量着各个角落的大小，看看是否有某个角落可以让它钻进去。它也常常用后面的两腿直立起身子，窥视一下桌子上有什么东西。它有着异乎寻常的好奇心。

晚上，待罗伯托睡熟，我打开朝向院子的有光亮的阳台，让加德尔呼吸新鲜空气。这时刻没有人偷窥，它把脑袋偎依在我的大腿上，感谢我对它的这种关爱。它的机敏聪慧，就差会说话了。不过如果它要说话的话，就会把我们给卖了。所以我在牛奶里给它放了镇静剂，让它多睡觉，白天里不闹腾。昨天晚上，差一点没把我吓死。我刚把它放到朝街的阳台上，它就叫了一声，让我险些犯了心肌梗死丧命。幸好它的叫声和236路公共汽车的喇叭声恰巧混在了一起。这路公共汽车每天晚上都呼哧呼哧地喘着粗气从坎加略通过。罗伯托被吵醒了，我告诉他那是为了避免撞车的喇叭声。我去找加德尔，它正在用一张血淋淋的嘴舔着自己，一只母老鼠的尾巴是它丰功伟绩的唯一证明。我费了好大的劲儿才把它弄回它的屋里去，为此我不得不喂它一大块生肝，那本来是留着为罗伯托做他最喜欢吃的菜酱肝牛排的。但这是一件正事，为此我不得不违背我丈夫的提醒；他说，"你不能给它吃肉，也不能给它吃任何它随意想吃的东西，因为那样它会改变本性，我们就难以控制它了。"他甚至希望动物吃素，就像他的父母一样，也就像他在认识我以前那样。我把他改造了，他看到了我做的肉菜，喜欢上了。这是许久以前的事了，那时我们刚刚结婚，我不断地对他说他会喜欢我做的菜。总之，如今至少他不再批评我饱食烤肉,而自己也每周吃一次肝以防贫血了。这是他的话。

加德尔睡得很香,但是醒来时喘着粗气,样子却变怪了。我已经没有勇气为它刷牙,因为它像一个陌生人似的看着我,仿佛突然间它不再是我的小宝贝,而是变成了脑袋里不知出了什么毛病的大儿子。这是不是就是那种我婆婆三天两头给我说的所有母亲都必须耐心忍受的危机?我给它吃加了粮食的牛奶,它连动就不动。我想这是那顿阳台上没有想到的晚餐吃得太饱了,还有那块生肝。

当我又拿了一块生肝炒菜的时候,加德尔猛地扑了过来,毫不客气地一口把它吞了下去,然后跳到桌子上从高处看着我,犹如它是这家的主人。当时我点害怕,便以妈咪温柔的声音请它下来去睡觉。它下来了,在地毯上撒完尿,去了它的房间。我把房间的门关好,让它睡觉。它撒的尿还算可以清洗,我把地毯送到洗衣房,又去买了肝回来。

距离那次被禁止的美餐已经过去三天了,我得承认,我的小宝贝已经渐渐地长大成熟了,把我给管住了。去给它肉吃,因为它有这个权利,吃了肉,它就安静了。但是我必须给它加大镇静剂的药量。现在它夜间更清醒了。我知道在罗伯托由于工作的劳累而酣然入梦的时候,它喜欢待在阳台上暗中窥察。罗伯托没有发现加德尔的变化,当他回家来的时候,加德尔正在那个仆人的房间睡觉。如果他到那儿去看它,看到的仍旧是那个惯常的温柔而俊俏的加德尔。

比如就像这天中午,罗伯托回到家中,我像侍奉国王那样侍奉他,他问起娃娃——他这样叫加德尔——怎么样,我告诉他它吃了很多粮食,饱饱地拖着大肚皮睡觉去了。罗伯托邀我跟他一起睡午觉,对我说,"我的小媳妇好久没跟我亲热了。"我顺从了他,因为我担心说不定哪会儿加德尔就会出现。我不知道为什么我的精神不能集中,正当高潮就要到来,罗伯托等着我对他说"那些话"的时候,我突然产生了幻觉,觉得压在我身上的是加德尔。幸好我的丈夫没有发觉,他心满意足地回办公室去了。

他刚一离开,我就去看我的小宝贝。我打开门,它就开始嗅闻我,仿佛是怀疑在卧室里发生的那件事。他直视着我的眼睛,对我说,决不能允许罗伯托再干那种事。它不是用话语说的这件事,但是我懂得,仿佛我们是一个人,躯体不同而思想是同样的。我看出了像它这样的动物报复性非常强,残忍而荒唐。加德尔没有能力伤害任何人,但是嫉妒让它变得非常危险。有一次,当罗伯托拥抱我的时候,它抓破了他的手,罗伯托认为那是开玩笑,没有惩罚它,因为当时它还是个小崽子;但是如果事情发生在现在……事情的结局可就让我连想都不敢想了。那件事就发生在今天,我认为这是一个非常特殊的日子,加德尔是八个月前来到这个家中的。它在这个家中的日子怎样计数?照它目光的年龄？照它的欲望和胃口？我猜测今天将会发生点什么事，我说不清为什么，但我的身体感觉到了。

快到六点钟了，我依旧坐在客厅的沙发上不知道该做什么。加德尔吃掉了所有周末准备做烤肉的生肉。它站在冰箱的门口那样坚持地向我请求，我实在不忍心拒绝它的这种欲望。我心想，这是对把它关在这儿跟我们一起过这种乏味日子的一种奖赏……如果我没有别的选择，那就给它喜欢吃的东西。这是我能够给它的唯一幸福了。

它吃完肉，舔着嘴，深情地看了看我，就跑到客厅最阴暗的角落里撒了尿。那个角落摆放着一盆棕榈，那可是罗伯托看得像金子一样珍贵并加以悉心照料的一盆植物。加德尔开始向后竖起耳朵，用长长的尾巴抽打着地板转悠起来。这会儿我不知道它在想什么，我无法看透它的心思，但是显然它很紧张。过了一会儿，它直视了一下我的眼睛，对我说，我等你，于是就躺到我卧室的床上去了。我没有随它去卧室，而是费了好大的劲儿清除它的尿味。我几乎用完了全部的除臭剂，并且把阳台的门打开，让八月的风将散发的臭味带走。这种情况不是第一次，我认为这是一种表示拥有的方式，就是说，这儿是它的地盘。

加德尔在不停地抓挠卧室的门，我把它关在了那儿，没有去跟它睡觉，它发怒了。我把音乐开到最大音量，以避免邻居听到那奇怪的声音。罗伯托很快就要到家了，可我还没把问题解决。

在纠正别人的错误方面，他是很严厉的。当他看到我们卧室的门被抓坏，意识到加德尔再也不服我们管教时，他会把它从这儿带走，而他要将加德尔弄走，我就活不成了。它是我的儿子，没错，当它得不到想要的东西时，它会反抗，变得很凶，但是它尊重我。我要它做的事，它都会做。

唯一的解决办法就是关上阳台门后把它从卧室里放出来，等待罗伯托的到来。我知道他们会对抗，这是父子之间的自然规律。加德尔在叫我了。

"我就来了，小宝贝，别那么闹腾，人家会听到你……我们看看谁赢吧。"

2. 上帝呀，让我忘记

终于……我到家了，街上如往常一样的平静，迎接我的是鸟儿叽叽喳喳的啼鸣，仿佛在开一场音乐会。它们在灌木丛上方扑扑棱棱地飞来飞去，那么多云雀，那么多鸫鸟。

我觉得抓到手间的细沙暖烘烘的，走在草坪的小径上时，一股清新的味道浸润到我的肺腑。我是多么地渴望归来呀！我不知已过去了多长时间，这对我不重要……唯一真实的是现在我重新回到了这儿。

这是我的家，我们的家。

有些疯狂的灌木比我预想的长得还高，但是很快它们就会罪有应得，受到惩罚。百叶窗是敞开的，内门的玻璃全打碎了。我一点也不感到恼火，只需小心一点行走就不会伤着了。

我为什么破衣烂衫？我为什么打着赤脚？

客厅里一片凄凉，寂静无声，酷似沙漠荒野。餐桌上，我的蜘蛛女友们织出一块汗巾,将东倒西歪的茶杯遮盖起来。

面对这一切,我没有感到一种幽禁的味道,也不为被打碎的瓷罐而懊丧烦躁,在破裂的镜子里,似乎我的形象高大了几倍。

我得把门窗全部打开。当阳光把黑暗全部驱散的时候,这儿便现出一片明媚,我应该立即动手开始干活,他们就要拖着疲惫的身躯,饥肠辘辘地回来了。

这地方是我的王国,为了准备一顿丰盛的饭菜,不需要太多的佐料,只是爱心是不可或缺的……我的母亲常常就这么说。真奇怪,突然我意识到我对她一无所知了。某些疯狂的想法搅乱了我的这一平静时刻……

我记起了一些诗句,它们在我心中激起了一种挥之不去的悲哀,就如常春藤那样顽固而持续……

  没有上帝的月份来临了,
  狂风折磨着我毫无准备的心灵。
  没有香,也没有药,
  更没有贵重的献祭,
  没有这一切,
  我的心灵永远沉浸在悲哀里。

但是,我将不会再允许类似的情况出现。扫把在它的地方等我，我马上动手收拾一切。那些女居民回到破碎不堪的家中、看到她们的花园被那些贪婪的手挖了一个个的大坑时，她们做了跟我同样的事吗？可是，我为什么要想这些呢？但是，我跟她们不一样，我没失掉任何亲人……也没失掉任何东西。

夜变得漫漫无际。我的丈夫早已吸完最后一支烟，他的叹息和咳嗽都变得如此的陌生，在我的久久难眠中陪伴着我。我的孩子们把门都关闭，并且堵上缝隙，但是枪械的射击声、飞机低空飞过的轰鸣，以及轰隆隆的炮火声，还是穿透墙壁，把我们吓得呆若木鸡。

我的终身伴侣打算安慰我，设法编出一些天真的谎言，我装出相信的样子，实际上我们没有任何过错，我们没有伤害过任何人。他不参与政治，只是一个技术员……然而我感到我们遭人痛恨。有时候我们开着艳红色的汽车出门时，我的那些住在简陋房舍里的邻居就用他们饥渴、冰冷的目光盯着我们。

如果我会祈祷，我就发明一种祈祷文，也发明一个新的上帝。那将是一个让人失忆的上帝。我请求他把所有那些在此刻高呼和欢庆的人在漫长的岁月里所遭受的冤屈和掠夺从他们的记忆中全部抹掉。我将天天恳求他使出他的全部神力，避免让人们记起我们的冷漠、我们自私的幸福和欢乐。也许这个全身闪耀着金光、佩戴宝石的上帝会平息永远被剥夺者们的愤怒和耻辱。不管怎么说，我将在我孩子们的房间里点起一支蜡烛。

但是已经没有时间了。杂乱的脚步已经在花园和走廊响起来了。他们已经在不耐烦地用他们的枪托撞破门窗,敲碎玻璃。

夜幕很快就降临了。夜是炎热的,凉爽下来的时刻,茉莉花散发出了芳香。一切都收拾得干干净净、整整齐齐了。家中的圣火点了起来。我将期待着,还有时间……许多时间。我心不在焉地凝视着火焰,它突然让我忆起了一点什么。对,我知道了,我得点燃一支蜡烛,让它在一个人的面前慢慢燃尽……可是,在谁的面前?

3. 沙坑牢狱

刚刚建立的人民律师大厅里挤满了人，孩子们一大早被他们的母亲拖到这儿，感到厌倦了，在大厅里吵吵嚷嚷地乱跑着。来这儿的人多数是年老多病者，有些人身上散发出刺鼻臭味，显然他们遭受着贫困和不幸。女秘书拿来除臭剂喷洒，破坏臭氧层对她已无关紧要了。

她身着超短裙，但此刻她想，既然大厅里没有一个重要人物看她，也没有一个政府官员到场，她何必那么精心打扮呢？律师本人也每天都到办公室来，但人们每天都挤满大厅，他们一天天地巴望着，等待出现奇迹，能够得到一点补偿款，好继续紧紧巴巴地勉强维持他们的生活。这些农民中，在当年战斗的岁月里，没有一个人想到将来会有一个机构来保护他们，承认他们的权利。他们曾经是一场隐蔽的、特殊的、反对独裁者的战争的斗士。他们九死一生幸存下来，现在等待着救济。

作为战争补偿，救济仅仅是发一点可怜的现金，而且还只是跟那些最有名的事件有关系的人才能得到。坐三个月的牢和受过拷打的人还不够资格，至少要吃过一年的苦头。光有年头还不行，名字还必须出现在监狱的文件和档案里。昔日的斗士，现在变成了最著名的无名之辈，法律对他们极端冷酷无情。

"你们是一块儿的吗？"

"对，我们是一块儿的。"那个好像是一伙人的领头者的女人回答。

"我需要知道每个人的名字和你们为什么来这儿？"

"我叫达尔玛西娅·洛佩斯。"

"我叫多拉·卡瓦耶罗。"

"我叫特立尼达·阿科斯塔·德维拉。"那位最年轻的女人说，她的眼部有一块被打的紫痕。

"你们坐过牢吗？在哪儿坐的监狱？什么时候？"

她们互相看了看，没有回答，露出没有听懂的神情。最勇敢的那个女人说："不，我们没有坐过监狱，我们遇到的事在很久以前了，都过了三十多年了。"

"都过了三十多年了？"女秘书露出怀疑的神情，"这么说当时你们还应该是很年轻的了，你们到这儿干什么？"

"因为有人告诉我们，由于士兵们对我们干的那些事，必须得给我们钱。"

"士兵们对你们怎么啦?"

"这是很久以前的事了,当时他们把我们的赫胡伊居民区夷为平地,我们都还很小,士兵几乎把所有的男人全部杀死,其中有我的爸爸、多拉的爸爸,然后烧掉我们的房子、学校,还毒打我们,把我们带到河边。在那儿他们命令我们在沙地挖了两个大坑,把我们推到一个大坑里去。"

"你们不能爬出来吗?"

"不知道能不能爬出来,但是有一个拿枪的士兵监视着我们。当时我十五岁,多拉十六岁,特立尼达十四岁,我们不停地大哭,坐在那儿等待着。我们听到妈妈和其他女人的喊叫声,小孩子们也在哭叫,可我们逃不出他们把我们推进去的那个大坑。炎热的太阳烤烧着我们,我们晕倒睡着了。"

一个孩子跑了过来,扯着特立尼达的裙子要钱去买一个玉米饼。她把手伸进一个旧提包里,掏出一个包着的手绢,取出一张纸币。

"也给你弟弟买一个。"她对孩子说。

女秘书问:"他们后来把你们关起来了吗?"

"没有,他们在沙坑里看了我们几天就走了,把我们单独留在了那儿。"

"你们受到拷打了吗?"

三个女人互相看了一眼,仿佛在问自己是否受到了拷打,都不知道如何回答。

"你们在坑里待了多长时间?"

"三天。"特立尼达说。

"但是,这对争取补偿算不上什么了。"

"他们玩弄了我们!"达尔玛西娅哭着喊道,"他们一起连续玩弄了我们三天三夜。"

多拉走近达尔玛西娅,拥抱着她让她安静下来,像一个母亲似的安慰她,当后者终于停止了像一个野兽似的喊叫时,多拉把她领到一条凳子那儿坐下来,然后又回到女秘书的写字台前。

"头一天晚上他们来了十个人,首先把达尔玛西娅带走了。因为她最漂亮,他们先是将她痛打一顿,然后任意地玩弄她,她回来时满身是血。第二天晚上拉走了特立尼达,然后是我,就这样,在三天三夜之间,那些男人为玩弄我们掰手腕分先后。当他们一切满足之后就走了,把我们单独留下来,遍体鳞伤,饥肠辘辘,濒临死亡,肯定是某位保护天使关注了我们,我们从沙坑里爬出来游到河边,待在了岸边的一个柳荫下,那个上午我们一直在洗伤口,流出的血迹连贪吃的水虎鱼都被吸引过来了。"

"河里的水很清澈,流得很快,所以,那些鱼来了,我们看得很清楚。"多拉说:"我们好似又重新见到了水,感到了林间的清新。"

"然后呢?"

"我们一直等到恢复了点力气,那些天我们一直被搁在沙坑里,连水都没有给喝一口,我们在喝了点水解渴之后,就返回了我们的居住区,那儿已片瓦无存,只剩下烧焦的树桩、衣服的灰烬、煤炭,整个居民区彻底完了,我们想找点吃的,好不容易在远处才找到的一点儿香蕉。我用这种水果填饱了肚子,然后便去寻找帮助,沿河边走了两天,到了一个村子里。达尔玛西娅病得很重,发高烧,说胡话。"

"村子里有人帮助你们吗?"女秘书又问,她只是想把事情和数字记录在案。

"有,一位老者把我们带到了一位女医生家中,女医生给达尔玛西娅在下身敷上了捣烂的药草,她的病好了,但是留下了后遗症。她跟菲德尔同居,但是一直不能生孩子,今天她带来的孩子是菲德尔跟别的女人生的。达尔玛西娅一想起那些男人玩弄我们的情形就感觉很坏,常常发疯。"

"特立尼达呢?谁打的她?"

"啊……她从来不愿想起男人,她说男人让她感到恶心。她的男人经常动手打她,因为在床上她不善于满足他。丈夫埋怨她房事时一动不动,只是任他发泄,十分扫兴,仿佛他是跟一个死人睡觉。所以就动手打她,但是那是她丈夫,他有这个权利。"

"那么你……你喜欢男人吗?"

"一点也不喜欢,我害怕。我有四个孩子,因为我丈夫一天也不让我消停。不过还算幸运,现在他跟另外的女人好了,我可以休息了。但是我需要钱,有人说这儿会给我们,"

"但是什么也不能给你们,你们仅仅被抓了三天,连监狱或警察局都没蹲过,你们的遭遇根本算不了什么,什么也不能给你们。"

4. 双鱼座旅馆

我们刚刚安葬了艾尔米妮斯。天气变化无常，仿佛在迎合这场葬礼。这个五月在这座被遗忘的城市发生的最大事件就是向美丽的艾尔米妮斯告别。天空下着小雨，显得冷漠无情。"家"里的姑娘们都默不作声，由于职业原因，个个挂着黑眼圈，对艾尔米妮斯之死感到错愕不已。"'妈妈'突然走了，我们该怎么办！"玛尔莱奈低声哀叹，这个这里最年长的姑娘，她看着我似乎在求我从今以后当她们的保护人。我不排斥这个想法。

现在，我独自坐在旅馆的大厅里，试图排出从双脚传入体内要搅乱我灵魂的湿气。我必须做许多决定，需要多加小心避免出错，我应该心如止水。

那个外乡人入住双鱼座旅馆时正值淡季。卡尔梅洛，身兼侍者、门童、跑街、经理和厨师，接待外乡人入住时并未留意其样貌，只想着，今晚自己不会再独自饮酒了。

"我需要一间带独立卫生间和电视的河景房。"

"好的,先生,303正合适,除了没有电视,其他都满足您的要求,在旅馆酒吧有一台巨幕电视,还有卡拉ok。"

"好吧,无所谓。"

外乡人拎起类似美国老兵用的绿色布背包,拿着钥匙,朝楼梯走去。卡尔梅洛帮他提余下的行李。到房间后,他掏出钱夹,象征性地给了卡尔梅洛一点小费。

卡尔梅洛急匆匆地下了楼,去走私商贩那里买苏鲁比鱼。这些商贩,即便在禁止捕鱼期,也能奇迹般地弄到这些鱼。他要像光景好的时候一样炖苏鲁比鱼汤。若是走运,他甚至还能邀艾尔米妮斯共进晚餐,以便打动她,说服她跟自己共度良宵。

他心中的诸多计划皆因这个午后的第一个也是唯一一个房客的到来而破灭。再次听到钟声的时候他刚返回旅馆。前台来了另一个男人。

"有房间吗?"

这个男人按程序填好了个人信息,随卡尔梅洛上了楼。随后,卡尔梅洛欢喜得连蹦带跳地下了楼,他许久没有这样了,他笃定会跟艾尔米妮斯度过一个缠绵的夜晚。晚上八点,他打开了卡拉ok,播放着复古风音乐,一首充满激情的波莱罗舞曲,因为他需要进入状态,免得辜负这个唯一肯向他出售温柔爱情的女人。他铺上了干净的桌布,仔细地摆好了餐桌,等待艾尔米妮斯的到来。九点钟时,那两个男人都下来了。

第一个下来的男人点了冰啤酒。第二个男人,身穿礼服,起初他想点香槟,但最后采纳了卡尔梅洛的建议,觉得威士忌也不错。

卡尔梅洛端着酒水回到餐厅时,艾尔米妮斯也走了进来,她身材极好,穿着一条黑色带花边的裙子,只有长官去她家时她才会穿的那条裙子。卡尔梅洛看得目瞪口呆,见到她朝穿礼服的那位先生走过去,卡尔梅洛差点打翻了手里的东西。他假装镇定,颤抖的手在给他们倒酒时尽力不让一滴威士忌洒出来。艾尔米妮斯没有说话,安静地注视着男人,男人也沉默不语,似乎被女人大胆露出领口的丰满胸部惊呆了。

她经常用那两只浑圆的胸部去挑逗卡尔梅洛。今晚她还会这样做吗?……她没有看卡尔梅洛,用独特的、沙哑的嗓音说道:

"老规矩,卡尔梅洛。"

这时屏幕上正播放着一首关于爱情和背叛的老歌,这首歌之前被封存了很久。这时卡尔梅洛走到另一位客人的桌前,为他倒冰啤酒,客人问他:

"那个女人叫什么?"

"艾尔米妮斯。"

"您熟悉她吗?是您的朋友吗?"

"是的。"卡尔梅洛不假思索地回答。他挨着客人坐下来,"您也认识她吗?"

"不认识,到现在还不……我叫马里奥·杜阿尔特,是个侦探。这个女人……我想她跟我这次来这种地方有很大关系。"

另一张餐桌,那位先生和艾尔米妮斯仍在目不转睛地对视,如同两只动物在互相辨别,用眼睛互嗅气味,用目光触摸彼此。过了一会儿,但卡尔梅洛却感到时间过了很久,艾尔米妮斯说:

"你来干什么?"

"她死了。"

"什么时候?"

"一个月前。"

"你来得太晚了。"

"对于一个已经等了二十年的人来讲,一个月没有什么不同。"

"我没有等二十年。"

"可我等了,但我不后悔。你和从前一样,不,不……你更好了。"

卡尔梅洛和另一位客人一字不落地听着这番对话,两个人喝着酒,注意力全都集中在另一张餐桌上,直到女人沙哑的声音再次响起:"卡尔梅洛,你今晚不准备给我上菜了吗?"

"来了,马上就来,艾尔米妮斯。"

这时,厨房飘来令人垂涎的香味儿,换作别的时候,这香味儿肯定会吸引卡尔梅洛，但今晚不会。此时艾尔米妮斯正和别的男人在一起，而对他就像对待一个普通侍者，无视他的存在。"我是个隐形人，是数字左边的零。"

他们在304房间找到了艾尔米妮斯的尸体，一个美艳至极的、丰腴的裸体。她犹如蜂中之王，金色的臀部如丝绸般光滑细腻，铜色的皮肤上没有一丝瑕疵。

餐桌上，艾尔米妮斯和那位客人继续在喝酒。

"你妻子是怎么死的？"艾尔米妮斯问道。

"医生说是中毒。她最近在吃安眠药，情绪低落。我不知道她是否刻意为之来彻底还我清净，还是一场意外，但这对我无关紧要，我们只说我们的事。"

"我们已经不是过去的我们了，时间太久了，很多事都已经过去了。"

"你别搞错，艾尔米妮斯，时间早已停住了，今天一切都会重新开始。我来找你，我来之前已经处理好了遗产的事，我们不会跟她的家族牵扯麻烦，我已经给他们的够多了。"

"他们会同意这样做吗，你很快就能带我回家吗？"

"好吧，我想暂时把你安置在一家体面的旅馆，在那儿我们每天可以幸福地生活，晚上我回家……你知道我妻子的姐姐几年前住进了我家，她自认为有权过问一切事情。但如果我们谨慎些，她就不会怀疑。"

女人又开始长久注视那个试图说服自己的男人,她沉默不语喝着酒,失去了所有希望。她的沉默正能说明一切。

"跟我说句话,艾尔米妮斯,深藏不露的艾尔米妮斯……你还记得吗?你记得我们那些个午后吗?你还记得我想教你下国际象棋的事吗?……可你从来不学。跟我说句话,亲爱的,别这样,你吓到我了。你知道我来这里是要把你带走,我已经下定决心了,现在任何事情都不能把我们分开。"

"……"

"别这样,亲爱的,你为什么生气?你还想要比这更大的爱情考验吗?我渴望跟你在一起的念头把我折磨得要死,现在我终于可以不用那样煎熬了。我们上楼吧,艾尔米妮斯,房间里有空调,我们还能独处,那里没有外人。你怎么了,亲爱的?"

"所以你要把我从一个旅馆带到另一个旅馆。一个在那座城市里你妻子的亲戚不会撞见我们的旅馆。二十年过去了,你一点儿都没变,依旧是个懦夫。"

"艾尔米妮斯!你说什么呢?我来找你,我从没有忘记你……你别这么爱记仇……我们先缓一段时间,然后就结婚,我们去周游世界……我太想你了,亲爱的。"

"你想我?你想我?你?你让他们把我像贼一样从你的家里赶了出去,而我需要你的时候你却拒绝了我?"

"如果只是住在旅馆里我没必要去亚松森。只要我愿意我就可以在这个旅馆过夜,总有客人请求我在像这样潮湿的、远离家庭的夜晚慰藉他们。这样的夜晚,河水波涛汹涌,鱼儿们好像要起义来侵略我们似的。客人们都很喜欢我,因为只有我能让他们平静下来,让他们安睡,帮他们重温儿时纯真的美梦。我对他们来说很重要。"

"不,求你不要对我说你在这个贫穷城市里的生活,大家只因你的职业而认识你,我一点也不想知道你这些年的生活。我相信你当初是因为没人帮助才会堕落。我准备忘掉这些,我要用我的爱抹掉你的过去。我们一定会幸福的,艾尔米妮斯,就如同我们曾经的梦想一样。我们上去吧,艾尔米妮斯,求你什么都别告诉我。"

我无法让你离开而把我独自留在这里,这个臭狗屎城市。是的,臭狗屎城市,但这里适合我。他们不会再过多调查,警察局长欠我很多人情,他认为你的心受到了折磨,那个来自你过去的家伙导致你过于激动。你要抛弃我了。我刚振作一些,我要去家里去鼓励那些姑娘们了。

卡尔梅洛透过厨房的小窗窥视,令他吃惊的是,女人起身走向楼梯的时候,男人也紧随其后。一定是男人给了她很多钱,她才妥协的。

另一个客人也在留意两人的举动,但他表现得很平静,他一边品尝着啤酒,一边若有所思。歌曲讲述的是一个人忍受着另一个人的离去,"你习惯了我……"

卡尔梅洛把晚餐放进托盘,失望地走过去,不再幻想今晚能够爱抚艾尔米妮斯,也不期盼能在她的怀里入睡,听她讲那些鬼怪故事。

杜阿尔特,那个侦探,邀请他坐下。

"我不喜欢独自用餐。你认识那女人很久了?"

"她二十年前来到这个城市,住在港口卖酒。"

"她一个人来这里的?"

"是的,她最初住在另一条街的小旅店,后来她和这家旅馆的老板成了朋友,他帮了她很多忙。他已经结婚了,却瞒着她,但在这个小城,什么也瞒不住。等那个外国佬死后,艾尔米妮斯已经混得很好了,她只需要警察和市长的保护,而他们对她有求必应。"

"那个男的来看过她吗?或者她去过亚松森吗?"

"没有,据我所知没有。我是这里消息最灵通的,我知道旅馆内外发生的一切。您看……我甚至连艾尔米妮斯存款的准确数额都能告诉您,因为她委托我帮她去存钱。"

"显然她很信任您。"

"或许她觉得我不会偷她一分钱,她从这些钱中拿出一部分给我提成……客人们常跟我打听地址,我就会把他们送到河岸边最著名的妓院。或者如果他们更愿意留在旅馆里吹空调,那也有办法。我们行事谨慎,等天黑以后她才派姑娘们来旅馆。有时,客人多的时候,我们的收入也相当可观,但只是旺季的时候,捕鱼人会给很多钱,他们来这里买醉,召妓。甚至那些侨民区最虔诚的门诺派教徒也来找乐子。"

次日,尸体被发现后,杜阿尔特侦探朝那个男人走过去,此时他正坐在旅馆大厅的沙发上。

"索萨先生,我能占用您一分钟吗?"

"您认识我?"

"是的,我从亚松森跟您过来,我知道您和您妻子以及死者的所有事情。我是马里奥·杜阿尔特,您妻子投保的保险公司的调查员。"

"您想让我做什么?"

"我想跟您聊聊,我们一定能很好地了解对方,另外您还不能离开旅馆,警察会找您问话。您知道,那个女人的尸体是在您房间里发现的,她的死亡您是主要嫌疑人?"

"但如果这个婊子有心脏病,这跟我可没关系,难道只因一时寻欢作乐,我就得为一个死人负责?"

"谁说是心脏病?"

"旅馆的管理员,他似乎对她很了解,而且她太胖了,这是显而易见的。等给她做尸检的时候就会证实。"

"这里确实有一名法医……此外,您跟她是旧相识,您可能会有某种动机。跟您上床的女人都不走运,全都死了。您的妻子一个月前刚去世,现在这位夫人也死了。"

"夫人?她可是妓院的老鸨!我对她的死没有任何责任,而且请您不要这样说我妻子,她病了很多年了。"

"但保险公司却认为她在准备离婚期间自杀实在奇怪,而且您得到的遗产可是一笔巨款。这是相当可疑的巧合。"

"胡说!阿黛拉从来不想离婚,我们很好,很相爱,我一直是她忠实的丈夫。"

"爱搞外遇的丈夫,二十年前艾尔米妮斯就是您的外遇之一,可唯独您妻子的外甥女,那个小姑娘指控您让她怀孕了。"

"我?那个不值钱的小婊子指控我?我从没碰过她,她经常来找我,是的,这点我不否认……但她跟我卧病的妻子生活在同一个屋檐下……我没碰过她,她们更爱钱,我给了她们应得的那部分,但她们还想要更多,都是贪得无厌的人。"

"有钱能使鬼推磨,您记得这句谚语吗?女人也一样,这点您和我的看法应该是一致的。保险公司不需要知道您来找旧情人,我能帮您处理这些事,让您的妻子看起来是自然死亡,这个女人也一样,我有办法。"

"价码?"

"我发现您是个理性的人,保单金额的一半。"

"太多了!我已经分给了我妻子的亲戚一部分,我剩的不多。"

"一半还是坐牢,由您决定。试想象一下这则丑闻:奥斯贝托·索萨上校身负双重命案……这一定会合媒体的口味。在标题下方写道'他先谋杀了合法妻子,之后赴康塞普西翁谋杀其情人,一个当地妓院的老鸨,在同她过夜期间将其杀害……'正好警察来了,我要去跟他聊聊。告辞。"

"别,您别走,就这样吧,我同意,我们需要回亚松森提钱。"

"好的,那是当然,您付钱之前我们会一直在一起。"

我想你,艾尔米妮斯,但我告诉你,这里的一切又平静如初了,仿佛你从未存在过。我接管了你的生意,是你唯一的继承人。旅馆里的一切一如既往,等待客人,跟你的妓院一样,这里最好的妓院。有人说不一样了,你的那些姑娘们没有一个像你一样会讲故事,但人们还是会将你遗忘。

5. 玛利娅·玛格达莱纳·玛利娅

　　他拉起我的手，一同走进房间。里面一片昏暗，他搂着我，朝着客厅里仅有的家具——一张沙发走了过去。这是一个奇怪的客厅，四周空荡荡的。

　　他紧紧抓着我的手，邀请我进去。起初我并不愿意，但最后我还是同意了。我们来到一间半闲置的客厅，中央只摆放了一张沙发，旁边一盏昏暗的小台灯散发着微弱的光。沙发面料粗糙，坐在上面如同坐在沙土上。我不确定，更不自在。

　　他察觉到了我的恐惧，强迫我进去。我从未跟一个男人这样独处过，但我无法反抗他。他走向沙发，手伸向我，这时的我迷失了。他越发激烈的拥吻和抚摸，使我难以抗拒。沙发很窄，我被紧紧地包裹在里面，周身的每寸肌肤都感受到了无尽的挤压。

　　他把我推进房间，我很怕。和一个陌生人独处，在一间奇怪的屋子里，只有一张沙发和一盏散发微弱亮光的小灯。我求他放我走。但他突然强吻了我,他的吻愈来愈急促,我的胸脯也随之起伏得越来越快。我不想碰他,他的皮肤如深夜般黝黑,却如此炙热和柔软。他让我躺在沙发上,我不曾想也不敢有任何的阻止,只有闭上眼睛。躺在那如沙土般粗糙的布料上,我的小腹感受着一阵紧似一阵的涌动,涨起,收缩,涨起,收缩。

我怎能预感到这个畜生会强暴我?

我正安静地走在路上,他袭击了我,强迫我跟他走。他用家伙指着我,把我带进一间空荡的屋子。他扇了我一巴掌,我哭了起来,当止住眼泪的那一刻我才注意到屋子里有一张沙发。他吼叫着,粗暴地扯下我的衣服。他是个疯子、禽兽,但他的气味却让我沉醉。他扯拽着我,对我的哀求没有一丝同情,却如同暴风雨般席卷了我的一切。之后,恢复了平静。

噢,平静!噢,激情!噢,性爱!

我吻遍他的全身,直吻到他最后一寸黝黑的肌肤,当吸吮着他那甘甜的山峰时,我装作快乐得要死,陶醉并沉溺于性爱之中。

等他睡熟后,我拿起家伙杀了他。

是的,先生们,我不知道诸位为何感到惊讶。是他先侮辱了我。我叫玛利娅,刚刚十五岁。他摧毁了我的人生,他这样粗暴地对我,扼杀了我所有的梦想。我杀他不是为了复仇,此前我从未见过他,更没有当过他的情人或是姘头。

我还很年轻，但他却玷污了我，夺走了我的贞操，我生命中最珍贵的东西。

我叫玛利娅，还是个处女，难道大家不明白吗？为什么这样看着我？你们凭什么说他要抛弃我是因为我年老色衰、令人厌恶呢？

年老色衰的人是她，玛格达莱纳，他的妻子，那个总是跟踪我们的女人。我杀他是因为他玩弄了我。我不是凶手，是受害者。

谁还会爱上我？

一个被玷污的女人。

一个枯萎的女人。

一个破碎的女人。

一个苍白的女人。

一个正派的女人。

谁？谁？谁？

在我孤独的时候有哪个男人还会跟我共享那张沙发？

我应该杀了他，他是伤害玛利娅并让玛格达莱纳发疯的罪魁祸首。

他温柔地握住我的手，一起走进了那间屋子。即使有些昏暗，但我能看清楚那张沙发，这屋子里唯一的家具。

6. 爱情的力量

比利亚霍约萨,1927年3月7日

亲爱的胡利安,我再也无法忍受等待的滋味了。每一天、每一个小时都让我感到无比漫长。父亲的暴脾气彻底断送了我的幸福。我拜托爱丽达把这封信寄给你。她是我的表姐,一个虔诚的寡妇,正因为这样她才能随时出入我的房间。她会帮我去寄信,而你回信的时候可以把信寄到铁匠那里:罗萨街7号,佩德罗·赛古拉收。爱丽达和铁匠,总之,他们二人似乎彼此倾心已久,所以每当父亲对她起疑的时候,我经常帮她隐瞒。你看,一遇到爱情的事儿就会让人不可避免地、轻而易举地沦为共犯。

这些日子我备受煎熬,离开这里远赴巴拉圭是对我的救赎,是我厄运的终结和幸福生活的开始。我对你的国家一无所知,但我相信对我而言这次旅途会极为短暂,那是因为我十分渴望到达你的国家,依偎在你的怀里,得到你的庇护。此刻已是深夜,我在给你写信，比利亚霍约萨的大海在咆哮，连它都知道我应该破浪前行，永远离开我的祖国。若是我的字写得歪歪扭扭，请勿担心，那是因为躲在被窝里借着烛光给你写信的姿势实在很不舒服。父亲睡下已经有一会儿了，但是我还没有听到他惯常雷鸣般的鼾声，所以我必须把自己掩护起来，以防他随时进入我的房间。他已经把我和家人隔离开来，禁止我和弟弟妹妹们说话，也阻止他们接近我。我亲耳听见他对弟弟妹妹们说，我病了，而且我的病会传染。是的，他没有说谎，爱情确实会传染。我多幸运啊！但是我想念弟弟妹妹们，我走时，会把对赫苏斯、安塞尔莫和玛丽娜的记忆装在心里、刻在脑海里一并带走，好让我永远不会忘记他们。

　　现在跟你说点实际的事儿，爱丽达正在帮我缝制一个体积不大的行李包，是个背囊，能装少量衣服和食物。我会坐三等舱，而这艘神圣的船将把我带到你的身边。爱丽达告诉我乘船旅客常会因为营养不良而感染时疫。我认为她受到了父亲每晚给我们读的那些小说的影响，以为我是要乘坐像哥伦布那样的三桅帆船去找你。不过这并不重要，她很爱我，会帮我打点好一切。我想问的是等我到你那儿的时候，十一月份，巴拉圭会和我这里一样冷吗？你对我说过你的亲爱的巴拉圭不临海，它地处内陆，就像心脏在人体中的位置一样，隐秘和美丽，几乎不为人所知，天啊，我有点迫不及待地想要认识它。

恳请你不要把我的父亲想得很坏,他并非看不起你,即便你是西班牙大公,只要他知道你意图把他亲爱的女儿从他身边带走,他也会拒绝你。我永远忘不了那个场面,当时我告诉他你已经跟我求婚了,而我们因权限问题要尽快结婚,这样我就能以你合法妻子的身份前往巴拉圭。他听后对我大吼道:"你去死吧!我宁愿你去死也不愿你离我远去。"我相信以他那样愤怒的心情,若是我真的离开,他一定会亲手杀了我。自从我母亲去世后,他的性格就变得十分暴躁,而且总是反应过度,但不可否认的是他一直对我们很好,那是一种显而易见的温柔,我们对此很是感激。然而现在他把我囚禁在房间里,严密地监控我,就连唯一能进来给我送饭、给我布置任务的爱丽达进来的时候,我们也不能说话,而且门必须得开着,以便父亲能关注着一切。当然,他也有疏忽的时候,他不知道佩德罗配了钥匙并把它交给爱丽达,所以,当他外出的时候爱丽达就能进来了。也多亏这样,她才有机会告诉我船票在佩德罗那里,星期一她会给我父亲喝几滴安眠药,让他睡得沉些,然后我就能逃出去了。她认为我的离开刻不容缓,因为父亲已经一反常态,开始喝酒了,还咒骂说,当初你来我家的那天,他很信任你,因为你是赛维拉家的人,是好人家的儿子。但你却辜负了他的信任,爱上了我,如果你出现在他面前,他会毫不犹豫地杀了你。

爱丽达担心我父亲快失去理智了,她认为我父亲一旦发现我们在欺骗他,就会真的把她和我、把我们全都杀了。所以爱丽达也会跟我一起走,去她在瓦尔普爱思塔的叔叔家落脚。

  我不愿让你难过,但只要一想到我要抛弃我无依无靠的弟弟妹妹们,他们将永远失去我,也将失去爱丽达时,我就心如刀绞般痛苦。我希望我父亲以后做事能够三思而行,昨天我差点就跑出去对他发誓我不会离开他,因为我听到父亲用皮带惩罚了赫苏斯,只因他过来隔着门和我说话。爱丽达想瞒住我,但是孩子们的哭声和她慌张的神情,让我猜到我父亲用皮带抽打了赫苏斯。无奈,我为你疯狂,我渴望你炙热的身体和我在一起!爱情真能让我们如此自私吗?若是我父亲和我一样自私,我又怎么能批评他?难道我不是在为了你的爱而牺牲我弟弟妹妹们的未来吗?但我没有办法,离开你的爱抚,我就会死掉。原谅我,我不想折磨你,但我不能把这些话删掉,因为我只有一张纸,我想告诉你,于我而言,你胜过一切。

  我听见父亲房间有动静,他好像起床了,朝我这边走过来。我不能再写了,我得把蜡烛熄灭,假装睡觉。再见,亲爱的,很快就能见到了。我很害怕,我比以往更加爱你了,何塞菲娜。

7. 无名士之墓

　　村夫低着头,表示自己一无所知,他始终避免直视女人的眼睛,但女人并未放弃,坚持询问他。起初她还能克制情绪,从语调听得出她很客气,伊西德罗当翻译,复述她的话,渐渐地,她绝望的言行和举止说明了她内心的哀痛。但伊戈纳西奥没有让步,他需要保护家人,也希望已逝之人得到安息。

　　在茅屋里睡觉的女儿们醒了,他的长女,安赫丽娜朝着父亲慢慢地走了过去,一边听伊西德罗说话,一边抱着村夫伊戈纳西奥的左腿,好奇地看着眼前这个女人,她站在上午九点的烈日下,这让女孩惺忪的睡眼在看向她时有点难过。女人穿了一件厚衣服,手里的黑色皮夹随着说话的手势摆来摆去。村夫的幼女小卡门,也坐在矮小的凳子上认真地听着女人和伊西德罗的交谈,不管懂不懂,反正她一个词都没漏掉。

　　今年的旱季较往年长一些,燥热还在持续,但屋前的院子里没有一棵树可以纳凉,而且这里遍地是垃圾和枯草,以前他妻子在世时,每天早上都把地面打扫得又干净又平整,而如今却无人问津。自妻子去世后,伊戈纳西奥还没腾出工夫将屋里屋外仔细地打扫一遍。除了煮点木薯,偶尔弄到肉的时候做点肉菜以外,其余时间他总是望着天空,似乎在寻找答案又像是责问自己,为什么这一切发生在他的身上?

"求您了,我以最神圣的态度哀求您,请您告诉我我的儿子在哪里?您是这里的掘墓人,过去的事不是您的错。希望您明白,您没有任何过错,我也不想报复任何人,只想找到我儿子的尸首,把他安葬在基督徒墓里,这样我就能在他的墓前哀悼,告诉他我从未抛弃过他。"

是的,伊戈纳西奥明白女人想知道什么,对此他感同身受,他和玛利娅曾一起祈祷,对着十字架祷告,认真守护那个坟墓,这是大家都需要的慰藉……但他什么也不能对女人说,因为若他说出来,就将失去两个女儿。警察局局长贾马拉非常残忍,他发誓说如果伊戈纳西奥把这件事告诉别人,就会把他抓进大牢直到他烂在里面,伊戈纳西奥清楚贾马拉什么事都干得出来。女人的到来又让他回到了三年前下葬的那个夜晚,一个特别的夜晚,对于伊戈纳西奥来说,他一辈子也不会忘记,因为就在那个夜里,他妻子病倒了,没几个月就去世了。

"您母亲健在吗?"伊西德罗用土著语复述着女人的问题,

露出和女人一样的表情,仿佛被女人附了体。但伊戈纳西奥听不太懂伊西德罗讲的土著语,他愣了会儿。

这时小卡门哭了起来,嚷着要喝奶,要吃的。"我饿了,爸爸。"她哭哭啼啼地说。

伊戈纳西奥赶紧回过神来,让伊西德罗请女人进屋,于是伊西德罗用土著语对女人说:"外面很热,请进。"

刚进屋里时,三个大人和两个小孩都保持沉默,客人在喝坛子里的水,两个孩子在吃木薯煎蛋,等她们吃饱后,才渐渐打破沉默,看女人的眼神也亲切多了。女人比她们过世的妈妈年老得多,她的眼里饱含泪水,泪珠儿从眼角缓缓滑落,无声地流淌在脸颊上,脸上满是悲痛的神情。

"您知道,若您什么都不说,我将再次空手而归,不知道儿子埋在哪里,那么我会抱憾而死。您看起来是个好心人,自己照顾两个女儿……她们的妈妈不在了吗?"

没等伊西德罗翻译,伊戈纳西奥就肯定地点点头。

"您照料妻子的坟墓吗?"

伊戈纳西奥知道她想说什么,也知道最终她还是会问到自己想了解的事。但伊戈纳西奥还是忍住了,他什么都没有说。过了一会儿,他问伊西德罗这位女士是否住在村子里,在某个熟人家里。

"不是,我今天才来的,拿着您的地址边走边问,直到碰见伊西德罗，他是一个村妇的侄子。没人知道我来这里，也没人知道我来干什么。"

伊戈纳西奥相信她的话，但他也清楚地知道外乡人是无法察觉到在主街房子里那些百叶窗后有多少双眼睛在监视他们，她不了解当地人的奸诈，那些伪装出来的友善以及想要巴结村官的愿望只有生活在这儿的人才一清二楚。就像这会儿贾马拉肯定已经得知有个陌生女人来找村里的掘墓人问话了。

想着这些的时候，伊戈纳西奥突然似有顿悟，起身说道："我们走，我指给您看①。"

所有人都站了起来，迎着太阳走了出去，就连两个小姑娘都似乎明白了这个决定带有强烈的使命感，她们牵着爸爸的手，安静地走着，但同时也担心随时会有突如其来的事情把爸爸给带走。

他们就那样在路上走着，谁也没说话，除了窸窸窣窣的脚步声，村里的一切好像都屏住了呼吸，连前面农舍里磨玉米或肉的女人们也放下了手里的活计全神贯注地盯着他们。身后，房屋渐渐远去从视野里消失，前方，路的尽头能望见一片空的坡地，而坡上就是墓地了，那里所有的坟墓看起来都是安静、孤独的，有多人共用的简易墓碑，还有的十字架上罩着抽了丝的布。伊戈纳

---

① 此处为土著语 a he chukata。

西奥示意其他人停下脚步，然后他一个人穿过墓地门口向里面走去，一棵枝叶繁茂的树下搁着一个箱子。他走到那儿打开箱子，取出一把铁锹，又走回到其他人面前，然后开始在墓地外面的一侧挖了起来，这地方正好处在开花的凤凰木的树荫里。几年前，就在这个地方，凌晨三点钟，他被命令给一名游击队员挖墓穴，是警察局局长亲自找上的他。死了的游击队员用大口袋裹着，看不到脸。如今若还能剩下点什么，那就只有皑皑白骨了。伊戈纳西奥挖着挖着，突然想到了孩子们，他决定把两个女儿送到姐姐家，她会像对待亲生女儿一样照顾她们，会比他做得还好，因为他不知道接下来该如何活下去。他无法忍受没有玛利娅的日子，他更愿随她而去。

见到包裹尸骨的口袋露出一角，女人顿时尖叫起来，当一具白骨架慢慢出现在眼前，女人已抑制不住内心的哀伤号啕大哭，小姑娘们见状走到女人身边，抱住她的裙子。此刻那撕心裂肺的哀号，伴随着如泣如诉的亲昵话语，宛如一首专为这个终于现身的故人而谱写的哀悼之歌。

"我的女儿更喜欢女人，我知道她们缺个妈妈，我的姐姐没有子女，很孤独，这对她来说是个好事。"伊戈纳西奥此时有点精神恍惚，他自我麻痹地在心里给自己找着借口，他低下头别过脸，不想看埋在墓穴的尸骨，不想看里面的任何东西。他知道了这个男人有妈妈,他妈妈来救他了。"但愿我的女儿们也能拯救我!"他在心里默念。

待尸骨周围的泥土都清理干净后,女士发出了更凄惨的叫声,那一声叫得几乎肝胆俱裂,原来尸骨是残缺的,四肢都已不在了。

伊戈纳西奥似乎已经完成了使命,他一只脚踩在铁锹上,长叹一口气,像是让自己在长久的抗争中有了片刻的休息,的确,他太累了,压抑多年的痛苦终于得以释放,而他此刻的做法无可指责,因为女人有权抱着儿子的尸骨痛哭。安赫丽娜和小卡门轻抚女人的头发,拍打着她的背部以示安慰。伊西德罗则被眼前的一幕吓坏了,惊得目瞪口呆,他如梦方醒,终于意识到自己做了什么,他也知道贾马拉会报复他的,多少犒赏也救不了他。时间一分一秒过去了,阳光试图从凤凰木枝叶的缝隙中挤进来,想好奇地查看一下平时寂静的地方究竟发生了什么事。

"现在我们最好离开这里。"伊戈纳西奥说道。

女人起身从衬衫上撕下来一块布条把儿子的尸骨裹住,游击队员终于可以安息了。为了不引起更多人的注意,伊戈纳西奥催促大家快点回到村里,他庆幸姐姐嫁给地区主席,只要把两个女儿送到姐姐家,孩子们就能够得救。尸骨难闻的味道没有影响到这里任何人,他们依旧列队前行,像来时一样走得那么坚定,只是这次的顺序完全相反，走在队伍最前面的是女人，怀里抱着她亲爱的儿子，后面跟着孩子们和伊西德罗，伊戈纳西奥走在最后，忽然，他停住了脚步，呼吸着从他那燃烧的茅屋飘来的浓烟。

8. 路易莎姐妹的火车

几位姨妈都到齐了，正在那儿等着我。能够再次一同郊游让她们感到兴奋不已，大家已经许久未曾一起出游了。

早上八点，天气凉爽，阳光明媚。几位衣着优雅、妆容姣好的女士盛装出现在旧火车站的月台上，这让她们显得格格不入。旁边卖面包的女人正窃窃私语地议论这个略显奇怪的组合，但仍向她们投去了友善的目光。喧闹的学生却不以为然，他们又唱又跳，完全没留意我的姨妈们，尽管她们那几顶带有假花装饰的凉帽是那么的一目了然。

这儿有五位路易莎，都是我的姨妈，她们继承了我曾外祖母的名字和位于本哈敏康斯坦特大街的大房子。她们之间亲昵地称呼彼此的绰号：柴拉，吉吉，青格拉和梅奈卡。只有路易莎·维尔吉尼亚保留了自己的本名路易莎，只有她一个人。

柴拉，最妖娆的那位，她穿了一条崭新的橘粉色裙子，宽大的裙摆,深开的V型领口处,露出了她依旧丰满的乳沟,今天唯独她没戴帽子。柴拉姨妈笑的时候会仰起下巴,而我也遗传了这个特点。她的头发新染了亚麻色,眉毛画得十分细致。可以说她是几个姐妹中最漂亮也最乐观的,她凡事总能看到好的一面,就连别的姐妹都在抱怨税费提高时,柴拉也能找到合适的理由让她们相信只有这样房子才会升值。

妈妈常给我讲她们俩年轻时的趣闻轶事。"那时我们经常借着顺风爬坡,可没一会儿柴拉就爬不动了,她就要赖让我推她。我们就这样从本哈敏康斯坦特大街步行回到我们在乌迈塔的家,那时真的非常快乐。"如今,柴拉孤身一人,丈夫死了,子女也不在身边。当孤独开始吞噬她的热情时,她给吉吉打电话让她过去同住。后来,经过多次沟通,路易莎·卡塔丽娜(吉吉)终于答应了。于是孤独的姨妈们一个个又回来了,渐渐地曾外祖母这所大房子里住满了寡妇,她们又像小时候那样相亲相爱,一起溜到格拉纳多斯电影院去看下午场。

吉吉,虽然她最后一次丧偶后饱受折磨,但表面看上去仍旧完美无瑕。她身穿一件棉麻本色长袖裙,袖口和衣兜的折边处绣满了图案。这身衣服很适合在乡间漫步,很可能是她住在波西多斯府邸时的常服。这个宅邸早就该卖掉了,物是人非没有什么可留恋的。吉吉姨妈身材高挑,性格忧郁,穿着一双简单却舒适的低跟鞋,时髦的墨镜,艳丽的红唇,漂亮的纤维帽。这一身精致的打扮是她强烈企盼着重获幸福的完美展现,就连宽大的帽檐都无法掩饰她内心的期待。必须承认她高贵的出身和家世无论走到哪儿都显露无遗。

唯一一个看起来像家庭主妇、每天出入菜市场的人就是路易莎·维尔吉尼亚。她没有化妆,穿着干净整洁的衬衫和裙子,外面罩着一条刺绣围裙,这足以表明她唯一的工作就是做家务。路易莎的眼神总是那么单纯且充满希望。此刻她朝着月台尽头眺望来自隧道的光亮,仿佛她等待的人会出现在那里,而阿尔贝托,注定是一个不会再回来的人。就是他亲自把路易莎带到亚松森,说是给她放假,让她洗去疲惫,重新振作起来,但谁都知道这个假期是没有尽头的。柴拉和吉吉对她无比的温柔,简直亲切备至,这是年幼时她们两个不曾给予路易莎的关怀。她们忘了其实路易莎永远是最受优待的人,她总是拥有最漂亮的玩偶和从意大利带回的小洋装。虽然羡慕甚至嫉妒,可无情的岁月也终于让她们懂得,尽管路易莎拥有一切,但她从来都不是一个幸福的小姑娘。

路易莎右手拿的不是包也不是钱夹,而是一个小皮箱。那可是个众人皆知的小皮箱,是她的爸爸在米兰特意给她买的,每次出行她都宝贝似的带着它。

我无从知晓她为何如此笃定地认为她的行李带得最合适。但我一直很佩服她的直觉、她的预感,尽管她天生安静又内向,又或许正因如此她才具备这样的本领和自信。她的头发已经花白，虽然只是简单地用宽边发带束了起来，但倘若她肯微微一笑，看起来一定会像个洋娃娃。

路易莎第一个懂得女人活着只是为了承受痛苦。她不但要负责老房子的清洁打扫，照顾我妈妈的那只百岁鹦鹉，还要给花园里的植物浇水，并小心翼翼地洗涤吉吉那些真丝衬衫。

另外两个路易莎，梅奈卡和青格拉姐妹，这么多年都没有变化还是老样子。她们总是穿着舒适的系带鞋，宽大的裙子和印花衬衫。青格丽塔①，她个子最矮，戴着钩针编织成的头巾，毫无疑问这肯定是她亲手织的。梅奈卡则给自己搭配了一整身的绿色，连布帽子都是绿色的。这身装束让人一看就觉得她是拯救军志愿者，而且准备要在野外度过一天。

青格拉是几位姨妈中唯一没有结过婚的。她一直照顾母亲直到母亲去世。而梅奈卡丧偶后，两姐妹就又重新生活在一起。有时，我妈妈会暗自疑问，这两姐妹是感受不到人类的七情六欲，还是因为她们教养良好，能够控制情绪，压抑情感。她们为人谦逊友好，礼数周全，有教养，像从前的小姐一样。虽然住在路易莎外祖母的旧卧室里，可以有机会从紧闭的百叶窗窥探街上发生的一切，但她们绝不这样做。托尼奥，梅奈卡的一个儿子，每年

---

① 青格拉的昵称。

都会来看望她们几次。而每次她们都会盛情款待，完全没有因为他的疏远和遗弃表现出一丝的难过。虽说梅奈卡深居简出，但她可是个不折不扣的哲学学士，这让她时常想起自己那些被埋葬的梦想。她每天都会饶有兴趣地读着报纸，一页页地读，仔仔细细地读，连逝者传略也不放过，因此她了解世界和亚松森的所有新闻。亚松森，这个让她和表姐妹们都觉得奇怪的城市。

青格拉在编织和刺绣方面像仙女般心灵手巧，她是所有外甥和外甥女的教母，虽然没结过婚，她还是学会了作为母亲所必备的那些吃力不讨好的本事。但她从不抱怨，依旧满心仁慈地编织、拆散自己的人生，没日没夜，不知疲倦。

几个姨妈都很爱我，她们最喜欢听我讲故事，夸我讲得好。确实，对于我讲的故事，她们从未怀疑过，也正因为如此，她们相信了昨晚我给她们讲的故事，所以今天就要去阿雷瓜。姨妈们以为我们会先去拜访我母亲的坟墓，然后剩下的时间可以在古老的圣卡洛斯宾馆里度过。而我则另有打算，希望她们不要因我的离开感到过于悲伤，因为我想独立生活，以后跟奥斯卡在一起，只有我们两个幸福地生活在一起，犹如童话里的王子和公主。

没人知道我恋爱了，姨妈们以为有一天，等她们都去世了，我会变卖房产，去修道院里度过余生。当然她们并无恶意，只是单纯得像孩子。事实上，她们早已经回到了童年。

我偷偷地把电视送给了奥斯卡，然后我告诉她们电视坏了，不能修了，对此她们没有任何疑义，所以她们决定在平常看电视剧的时段做九日斋祷告，然后玩纸牌①和"脏屁股"游戏。柴拉总是输家，每当这时，她就会倒在床上，笑得浑身乱颤。除了去教堂做弥撒，她们几乎从不上街，而且每次从教堂回来她们都迫切地盼望着喝一杯加了牛奶的咖啡，吃上点黄油面包，这可是她们每周饮食中唯一的大餐。这所大房子里已经没什么值钱的东西了，我和奥斯卡检查过所有地方，甚至房子里最隐蔽的角落也不放过，但除了金串珠和电视机，他没找到任何比这房子本身更值钱的东西。

起初他提议这样做时我是坚决反对的，可他十分严肃且万分笃定地对我说，倘若我不这样做，他将永远离开我。我害怕了，妥协了，因为我惧怕未来。想到她们也曾有过类似经历，拥有过自己命中注定的男人，我才略感轻松，但仍心有余悸。唯独亲爱的青格丽塔不曾有过，但她似乎从不需要。

另外几个姨妈，那几个路易莎寡妇，她们之所以还能玩乐，能忘掉眼前的不如意是因为她们曾经幸福过。有过同床共枕的丈夫，呼吸过男人散发出的浓厚气息，得到过爱抚和保护，感受过男人伏在她们身上那急促的喘息。她们以为我是虔诚的外甥女，会一直照顾她们，但她们这样想对我并不公平。我又丑又胖，假

---

① escoba de 15，一种西班牙纸牌。

如不卖掉房子我什么都没有，就只是个穷人。

火车司机来了。他穿着一身笔挺的制服，当走过来跟吉吉姨妈打招呼时，她像戴安娜王妃那样回应了他。火车就要启动了，路易莎姨妈们激动地登上火车，然后饶有兴致地谈论起佛罗里娅，外祖母的教母，她住在塞巴斯蒂安戛博托大街。车厢里空荡荡的，她们坐在背光处的座位上，很凉爽，很舒适。

我什么也不想说，于是告诉她们我头痛。事实是我的灵魂在痛。尽管奥斯卡向我发誓说教会的修女一定会好好照顾她们，每个人都会有自己的房间，修女会照料好她们的饮食……但我预感这一切都是谎言。罪恶的阴影让我的皮肤变得憔悴，使我预见到自己很快就会孤身一人，因为等我把卖房款交给奥斯卡后，就很难再留住他了。

我会想念吉吉姨妈身上的法国香水味和柴拉姨妈的缝纫机声，我会怀念梅奈卡收音机里播放的音乐以及缺少路易莎照顾的那些行将枯萎的植物，也不会再有人像她一样为我清洗床单。我会找寻她的这份安静。

铁轨擦出的火花飞溅进来，我以此当做流泪的借口。她们满怀期待地看着我，这次郊游的向导，所以我不能哭，不能让心里的痛显露出来。因为她们需要我。

我陆陆续续地讲解着她们所看到的城市变化。她们也兴高采烈地你一言我一语地讨论着，大家抱怨说市中心罪犯太多了，而且很吵。还有人回忆着街角的店铺,有人讲说着以前在卡帕耶罗公园里住着的一位老妇人。

之后我们又去了植物园,在欣赏南美朱丝贵竹时,我发现它们是那么的美丽强壮,一棵紧挨着一棵,相互簇拥,紧密团结,免受风沙和修枝的伤害,永远生机勃发,绿意盎然,我想这是因为它们在一起。永远在一起。永远在一起……

9. 恩里克·图多里的城堡

弗朗西斯卡被囚禁了,她大声呼救,双手紧紧地扒住房门,嘴巴几乎贴在了尖顶窗户巨大的玻璃上,但没有人来救她。在菊花园里,卡塔琳娜、诺拉、安赫丽卡和玛利娅正安静地看着她,但她"视而不见",因为人类的眼睛无法看到她们。如果恩里克继续囚禁,她很快就将去和她们做伴了。

"多么漂亮的房子!像城堡一样!"

"如果你愿意,可以成为这里的公主。"恩里克初见她时说道。

弗朗西斯卡很早就离开父母出来闯荡,对此,她并无一丝内疚。她不但人长得美,还能言善道,就餐和住宿的环境怎样,她总是赞不绝口。弗朗西斯卡是艺术剧团的演员,跟随剧团跑遍了整个国家,专为那些爱赶时髦的富豪在他们的府邸里表演,当然有时也在贫穷村庄的广场或者经营不善的简陋剧场里演出。这次,在恩里克的城堡里,他们表演了一场西班牙黄金世纪时期古老的独幕滑稽戏。恩里克,坐在池边,(此时的池水已经干涸见底,一副脏乱的景象),一边观看演出,一边用手捋着红色的络腮胡子,一双冷酷的碧色眼睛不时向弗朗西斯卡抛去诱惑的眼神。

弗朗西斯卡已经决定向恩里克献出自己的身体。他带她参观了位于主楼那间巨大的、圆形的卧室,在那里她见到了绸面床品以及虽陈旧但仍很贵重的壁毯和地毯。她向往奢华、享乐和放纵的生活。的确,弗朗西斯卡接受了城堡主人心照不宣的邀请。剧团里没有人认识恩里克,即便制作人说他曾是马戏团的小丑。

弗朗西斯卡虽自恃清高,但食不果腹的生活打败了她,于是幻想成为她的庇护所。

此时的她看起来很幸福,躺在恩里克的床上她笑得很开心。他常常嗔怒地问,你在哪里学的这招?小妖精,你从哪儿冒出来的?

随后,无尽的激情再次袭来,使他成了这个神秘女演员怀里的俘虏。弗朗西斯卡的身体扭成了弓状,白皙透亮的皮肤如牛奶海洋般引诱他沉溺其中。在他的爱抚下,弗朗西斯卡痛并快乐着,发出竖琴般悦耳的呻吟声,娇嫩、尖细。

"恩里克,我怎么去镇上?"

"你为什么要去那儿?"

"想去看看,我都被关在这里一个月了,我想出去逛逛,买些必需品,染发剂,洗发水,眼影……"

"你把需要的东西列张清单,布鲁妮尔妲会给你全部买好。"

"布鲁妮尔妲?那个女佣?可是我应该自己去选染发剂的颜色,眼影的颜……洗发水……你怎么了?为什么这样看着我?"

"因为你是我的,我不喜欢你独自外出。"

"但是……"

一个热情温暖的拥抱结束了这场争论。第二天,鲜花、手镯、床上早餐和一盒化妆品平息了她的抱怨。

秋天用金色的叶子把恩里克这座乡村花园里唯一一棵褪去绿意的树装点得令人目眩神迷。弗朗西斯卡常在花园里散步,想要找寻跌落的鸟儿或者奇花异草,但极少能遇到。她还曾在院墙上寻找某扇隐藏的暗门,那种像墙上裂缝一样的门。但这座三米多高、安装了尖头围栏、能够阻拦他人闯入的高墙,同样可以防止任何未经主人同意的人擅自离开。蓝桉树的香气让她回忆起过去在海边度假的时光。然而现在这一切对她而言都太遥远了!她常常自问如何才能离开这里,她不敢承认她害怕恩里克·图多里。尽管试过一切招数,撒娇,亲吻,讲道理,可恩里克的回答永远都是"你是我的,我不喜欢你出去"。而且每次回答他都毫无理由地极为生气,就像他很愤怒仅仅因为弗朗西斯卡想要的是自由地随处走走这样再自然不过的事情。

尽管逃跑很难,她也得试一试。她不知道自己身在何处。她从未在这座城堡的客厅和走廊里见过一部电话。她绞尽脑汁,相信自己一定能够找到办法。

同时,恩里克也开始尝试用他的方式去取悦她,然而是一种霸道的方式。一天午后,他看到她坐在天台上,一动不动,神情伤感地注视着南方,便对她说:

"弗朗西斯卡,你过来,我决定送你一个重要的礼物,我保证当你回归舞台时一定用得上。"

舞台,回归舞台……她的心脏开始剧烈跳动,她尽力用听起来漫不经心的语气问道,"那是什么?"

"是惊喜,你一定会非常喜欢,此外,你还能熟悉一下这座城堡的另一部分,我还有没带你去过那里。"

他们穿过花园,来到一幢久已禁闭的楼前,沉重的大门四周挂着厚厚的蜘蛛网。恩里克从兜里掏出一串钥匙,打开了这扇对开的大门,顿时,一股潮湿腐朽混杂着无法形容的气味扑面而来。他们走进一条宽敞的走廊,四下漆黑一片,走廊两侧许多扇牢牢关闭着的房门让弗朗西斯卡感觉这里俨然是一座监狱,虽然恩里克带来的手电筒稍稍驱散一点这里的黑暗,但她仍感到害怕、担心。最后,他们在一扇狭窄的、厚实的门前停下。主人慢慢照亮了房间,映入眼帘的是门对面那扇高大紧闭的窗子,而窗台上的几盏灯是她所能见到的这房间里仅有的物品。

"现在能看清楚吗?"

"能,我看得很清楚,这是哪?"

"一间古老的更衣室。"他一边说一边打开房间两侧整面的壁橱。

"看,你看看有多少行头,看这些裙子、大衣和帽子!挑你喜欢的,全是给你的,我的小美人。"

弗朗西斯卡瞪大眼睛看着那些装满壁橱的衣服,一条条五彩斑斓的裙子,一件件毛皮大衣。她觉得这些衣服看上去那么古老,让她感觉颇为惊讶。

"这是玛利娅·安东涅塔的裙子,她第一次穿它是在《凡尔赛》中狂欢节的一次聚会上。这件是诺拉在《玩偶之家》里穿过的。这是《特洛伊》里海伦的长衫……"

他把衣服一件件地拿出来扔到地上,情绪越来越激动。

"你看过这些剧?什么时候?在这里演过吗?"

"戏剧?哈哈哈……"

"我从没说过我看过这些剧,这些服装是她们的,真的,我认识她们所有人。她们都不忠诚,全都死有余辜,哈哈哈……"

弗朗西斯卡蹲下去拿起一件看似轻盈、上面印有碎花的白纱裙。她爱不释手,觉得这件衣服是献给春天的颂歌。她举起裙子,在腰身处发现一块污迹,面积很大,呈深棕色,污迹处的布料已经变硬了。

"这件衣服这么漂亮,有这块污迹真是可惜了!"

"是的,确实很可惜,但血迹用水和肥皂就能洗掉。"

"谁是这件衣服的主人?她怎么了?"

"是安娜,安娜·博莱纳。"

突然,恩里克打开了衣柜的另一扇门,向她展示了一件丝薄透亮的白色长衫,"黛丝黛莫娜是穿着这件衣服死的。"他把衣服拖到弗朗西斯卡面前,似乎要强迫她穿上。她竭力掩饰恐惧,故作镇定地用戏谑的口吻说道:"奥特罗也死了,对吗?"

恩里克注视着她,但她解读不了他眼中的含义。他们之间早已没了激情,更没有爱情,如同污浊的湖泊底部涌动着某种罪恶的暗流,即便她几乎什么都看不见,却能想象得到他在暗中策划着什么,可她感到恐惧,感到身体里那微弱的力量已无力保护自己。

恩里克把钥匙扔在了地上。

"我把钥匙留给你,你可以安静地在这里挑选喜欢的衣服。我要出门。"

"可是,你什么时候回来?你不能带着我吗?"

"不能,我不知道什么时候回来。如果愿意,你可以留在这里,不愿意的话,你就去配楼待着。"

灯一盏盏地被熄灭了,黑暗占据了整个房间,弗朗西斯卡挽起恩里克的胳膊。

"我想待在那儿，我们住的地方。"

"你一件都不喜欢吗？你不想再表演了吗？"

"不，我想你带我走，恩里克。"

"不行。"

他把她锁在城堡主厅的时候钥匙转了许多圈。恩里克已经离开很久了，但钥匙锁住她的声音依然挥之不去，不停地在她脑海里回响。她孤零零地在这里好多天了，她在等待生命的终结，这里没有食物，也没有水。那些女人，在她之前的那些女人，她们知道用不了多久大家就能团聚了，她们都轻飘飘的，轻飘飘的……

10. 永别了，佩德罗

1933 解放之年，初雪之月，5 月 23 日

佩德罗，你不要这么生气。我没做晚饭是因为倘若我再耽搁下去，他就会动身离开，而我就会死掉。你应该理解并原谅我，我可从未碰到过这种事儿。

他是昨天一大清早来到这儿的，那会儿我还没梳头，听到了狗叫声，我便打开房门，见到一个男人站在门口，浑身上下被一种白色的灰尘所覆盖，很像火山爆发时散落的火山灰，他手里拿着帽子，礼貌地对我说：

"早上好，夫人，能让我在走廊歇一会儿吗？"

我没有回答，你多次叮嘱我不要和陌生人说话，但你的母亲已经过世，我一个人害怕这种孤独，而且看着眼前这样一个男人我也生出了可怜他的念头。

"夫人,我连夜骑马赶路,马儿已精疲力尽。求您让我在那儿坐会儿,在那些扶手椅上打个盹儿,哪怕就一个小时,拜托了。"

说话间,"船长"朝他走了过去,嗅了嗅,便冲他摇尾巴,这举动让我知道他是好人。我父亲总说,狗儿知道谁是好人谁是坏人。这会儿的风刮得很大,差点把他手里的帽子刮跑。

"把马放在马厩里吧,您要是愿意可以坐在这儿。"一边说我一边打量着他。见他拎着一个黑色的大手提包,我很好奇,心想他可能是带了些东西要卖吧。

我赶紧回屋去梳头,因为我不想让他看到我这么邋里邋遢不修边幅的样子,那会让我感到很难为情。随后,我煮上咖啡,换了桌布,拿出那些你母亲不许我碰的杯子,甚至我还取出了被当做遗产留给你姐姐的而她一直没来拿走的青瓷糖罐。一切准备妥当后,我出去找他,告诉他可以用井水清洗一下脸和手,并邀请他进屋来吃早饭,然后我就回屋等他了。说到这儿,反正你也追不上我了,我就跟你说句实话:我太高兴了!有人将要陪我一起吃早饭,这令我一下子有了胃口。

他进屋时被风吹得打了个晃儿,依旧灰头土脸的样子。看来风跟你一样爱吃醋,不肯让他消停。他伸出手,自我介绍道:"我叫米盖尔·安赫尔·培尼亚,是名旅行摄影师。"

"您会照相?"

"会啊，我还能给照片上色。"

佩德罗，这让我突然想到你母亲那幅搁在客厅大件家具上的遗像，那么悲伤，没有任何色彩，只有一成不变的白、黑、灰。虽然她已去世，但她的照片仍需一点儿生气，至于她，还是愿上帝把她留在天堂！……不要撒手不管。这样说你一定会吃惊吧，没错，在远离你的拳头时，我简直太勇敢了！

我们一起吃着早饭，聊着天，仿佛是已经结交了一辈子的朋友，他给我讲了许多路上的见闻。我觉得眼前的他就是从天而降的天使，那么美好。迄今为止，我不记得有多久没和别人说过话了，甚至跟你母亲也不能，因为她心肠恶毒，所以我习惯自言自语。我很清楚我说的不是什么好事，但正是他的声音拯救了快要疯掉的我。这里，这所房子里没有音乐，附近没有河流，没人在街上行走，因为这里根本就没有街道。最近我正在习惯跟风讲话，尽管算不上很好的陪伴，但它会根据南北风向改变声音。如果我不想变得像石头那样缄默不语，冷酷无情，这些就都是有用的。有一次，我甚至真的以为风在跟我说话，告诉我你在那个房子里，你知晓是哪个。我不会说出来，以免再次挨揍，就像那晚你给我的那一巴掌，生生把我从椅子上打了下来。我再也不想见到你了，佩德罗，我受够了那些怀疑。你对我说让我当心。哎呀，佩德罗，你以前跟我说过很多话。

不知我跟米盖尔·安赫尔聊了多久，直到意识到外面响起了各种抗议声,母鸡在咯咯叫,绵羊在咩咩叫。我不会告诉你我早已将它们抛诸脑后。我起身打算去给它们喂食,但他拉住我的手拦住了我:"再待一会儿,能这样看着您真好,您的皮肤光泽透亮,还有一种小姑娘才有的清澈眼神。"

他叫我小姑娘,你发现了吗?他竟没猜到我已经十九岁了,从十四岁起我就跟你在这里,服侍你。

我想挣脱开他的手,结果披肩滑落下来,于是他看到我身上最近被殴打的瘀伤。他什么都没有问,温柔得像母亲般,一边轻抚着我的伤口,一边念念有词:痊愈吧,痊愈吧,青蛙的小尾巴……①

我们就这样待了很久,为了不让自己陷入他爱抚的诱惑中,我对他说还有件事儿要拜托他,那就是为你母亲的照片上色,他接下了这差事,去走廊里忙活起来。他把那些小物件摆在桌上,几把刷子和一个小锤子。然后拆掉相框,仔细观察你母亲那张苦涩的面孔。

我此时的心情非常愉快,干起活儿来轻松多了,甚至不自觉地唱了起来。我从果园摘了许多香菜,用它炖羊肉简直美味至极。一顿可口的午饭后我们上床了,当然,就在你母亲的床上。

我们一起远走高飞了,你不要来找我,因为我宁死也不愿跟

---

① 一首拉美儿歌。

你回去。请你放心,除了父亲卖掉我时我带来的那些旧衣服,其他我什么也没拿,那时父亲还认为我会幸福。

永别了,佩德罗。

罗西塔

差点忘了,我们把给你母亲修饰过的照片作为礼物送给你。你看,她看上去似乎有些高兴呢。

11. 旅途愉快

1879年1月27日，瓦尔帕莱索

你离开的第一天。

亲爱的马丁：

请你看看我，充满爱意地看看我，仿佛此时你就在我身边一样，我会尽一切可能满怀希望地盼你归来。

今天上午我出去走了走，逛了一遍港口的市集。那儿可真是香飘四溢！熙熙攘攘！

我去了一家专门出售海难遗物的店铺。店里的物品都是死里逃生漂到海滩上的生命残骸。在这些物品里，我专门为你挑了两张照片。在其中一张黄棕色的椭圆形照片里可以看到一个衣着考究的男人信心满满地看着镜头，正如你应当自信地展望未来一样。他穿着一身海军军官制服。也许这张照片是他在最后一次航行前拍摄的。另一张照片是一位贵妇，梳着三十年前的发型。她看上去十分端庄，只是表情非常严肃，貌似这照片对她来说是极不情愿地在履行义务而已。不过我认为他们应该可以充当你的父母。你给他们杜撰个名字、出身以及合理的死因。这样我的父母应该不会怀疑。等你回来，你肯定已经通过自己的努力变得富有起来，再加上这些杜撰的情节，你的过去也就顺理成章了。到时候，我就装作并不认识你。你别担心，五年之后，我家里没人会记得你曾是市场的骡夫。而且，也不应该会有人记得。

为了我的思念，恳求你每天给我写一封信。我知道你要去的地方气候恶劣，那里的原始森林几乎无法进入，当地还有衣不蔽体的土著女人，最糟糕的是炎热的天气让男人和女人都无精打采，但你还是要每天给我写一封信，积攒到一起搭乘每月往返一次的蒸汽船寄给我。

在买照片的店铺里，我见到了一只镀银的小箱子，我想把它买下来储存我们的爱情，因为它已伟大得让我的身体承载不下。假如真的可以，我想我早就已经把这份爱放进去，合上箱盖，等你回来再开启。这样，我就能继续我从前的生活，那种正如我父母认为的一个三十岁、不再年轻却依旧孤独的单身女儿应有的日常生活，保持良好的居家习惯和对父母一贯的听话和顺从。

马丁，我太需要你了。我后悔没有接受你的提议，跟你一起离开去别处开始另一种生活。但倘若我这样做，母亲肯定会因此蒙羞而死，背负这样沉重的死亡我们也不会幸福。而父亲则会更实际，他会剥夺我的继承权，我向你保证钱是购买幸福的必需品。没有钱，我将不是你所认识的那个富有激情的贝蕾妮丝。我无法再用玫瑰乳液滋润皮肤，也无法再用你喜爱的法国香水把自己弄得香喷喷的。贫穷，亲爱的，会消磨爱情，会让爱情止步于两个疲惫、肮脏的身体间纯粹的肉体关系。我不愿我们两个变成那样。

停笔之前，告诉你一个秘密，我终于大胆尝试吃了一只穆拉托① 女孩儿给我的辣汁虾。令人惊奇的是，她就在那儿，就那样用一个小炉子烤，锅里飘出的味道实在太香了，我知道自己简直罪大恶极，违背了良好的教养。但我实在抵挡不住诱惑就在那里吃了起来，灶台四周热气腾腾，苍蝇的嗡嗡声犹如背景音乐般在我耳边响起，但我却全不在乎吃得满手都是，甚至吮吸了每一根手指，一根接一根。那让我有了一种跟你做爱之后的满足感。

最后，送你二十四个激烈的深吻，把我仍残留虾香的舌头伸入你的口中。

你的，贝蕾妮丝

---

① 穆拉托：白人和黑人的混血。

1879年1月28日，瓦尔帕莱索

你离开的第二天。

亲爱的马丁，今天我很早就醒了，可以说是惊醒的，因为睡意蒙眬中我还以为我们贪恋地睡在一起没有留意时间。这想法把我吓了一跳，赶忙转向你睡的那边想让你趁着天黑逃走。可你并不在，过了好一会儿我才意识到我们将有很长时间不能同床共枕。马丁，我需得鼓起勇气才不不至于因为当一个端庄、顺从的小姐而死去。我的身体在呼唤你，在与你共享过那么多个美妙的夜晚后我很难再恪守贞洁。此时若不是你已经身处远海，我一定让你回到我的怀抱来，我会跳入咸涩凶猛的海水里，追上一条小船，让它载我去你身边。而我相信你在船上也是满怀期待地等着我，同样急切地盼着我。亲爱的，你的离开真的让我痛苦不堪！

昨天晚上母亲身体不适，似乎是一种从东方带来的时疫传染了很多人，也传染给了她，但我不知道她是如何感染的。医生对治愈没抱什么希望，只是说我们应该跟她隔离，把她用过的所有物品都煮一下来消毒。看到这种情形，母亲最喜欢的女仆苏尔维娜一边哭一边回忆说五年前她的姑妈就死于时疫。所以尽管她很伤心但我不得不命令她离开妈妈的房间。

此刻我正在自己的房间里给你写信。虽然太阳升起来了，照亮房间的每个角落，但父亲今天一大早就出去谈生意了，所以没有责骂仆人的声音；而母亲因为身体不适，所以没有任何指示，这导致家里异常的安静，而我却对此感觉忧心忡忡。还没有人起来走动，只有欧洲蕨在交谈，枝叶与枝叶在聊天，它们似乎在好奇地说今天这家里非常奇怪。我想不出倘若它们知道我的秘密，会说什么呢！

  我全身的每寸肌肤都在思念你，你就像我头脑中的感觉神经区，在我的思绪里不停地跳动、跳动、跳动。在我穿上那些端庄得体的衣服前，我像你曾经做过的那样去抚摸我的双乳，我了解它们若是得不到爱抚就会枯萎。最后，我穿戴整齐后就出去下达命令了，这样才能让这个家运转起来。我见到大家很难过，而母亲房中散发出的恶臭让我预感到情况不妙。所以我要赶在进入她房间前把给你的信写好，因为我对等待我的噩梦般的现实感到恐惧。

  好了，现在请原谅我要尝试忘记我们曾爱过，至少我要尝试几个小时。

你亲爱的贝蕾妮丝

1879年2月5日，瓦尔帕莱索

  你离开许久以后。

我最亲爱的马丁：

  如你所见，这不是我的字，我几乎已经无法写字了。代我写这封信的是苏尔维娜,她学过写字,只是瞒着大家,因为这似乎不是一个女人应有的本事,更不应该是一个女仆拿来炫耀的才能。如今,她看见这般虚弱、这般绝望的我在神志不清时呼唤你的名字,便问起来,我也就跟她坦白了我们的事。她于是主动提出代我给你写信,告诉你在这么短的时间里我们这里发生的事。母亲因时疫过世了,父亲躲到了我们位于南部的庄园,因为我也病倒了,他害怕自己被传染。

我不知道自己是如何挨到今天的。仆人和奴隶几乎盗走了家里所有财物,大门已形同虚设,甚至此刻正被风吹得到处乱撞,动物也都死了,我的金丝雀再也不唱歌了。城里空荡荡的,尸体遍横在大街上已经腐烂发臭,没人顾得上把这些尸体安葬在墓地里。

只有苏尔维娜依旧忠实于我,耐心照顾给我洗漱,用仅能弄到的极少的食物为我充饥,甚至还带来一个马普切人让他用草药和那些玄妙的咒语医治我,对此我十分感激。但支撑我活到现在的唯一理由就是盼你归来,但若我死去,我请求过苏尔维娜把我扔进大海。到时我那裹着白色裹尸布的身体,宛如穿着婚纱一样,随着洋流漂到你那里。而我则无须抬起浸湿的、咸涩的眼皮就可以看到你生活的地方;然后我将带给你最后一吻,用我那被饥饿的鱼群撕咬过的嘴唇最后一次吻你。一切皆有可能,我的爱人!

永别了,你亲爱的贝蕾妮丝

12. 远离伊甸园

在小木屋的阳台上，一个年轻姑娘抱着一块脏兮兮的破布在那里不停地走来走去，她一边轻轻地摇晃，一边对裹在怀里的东西说："睡吧，我的宝贝，睡吧……阿噢噢，我的孩子，阿噢噢，我的太阳……"

太阳尚未落山，夕阳的余晖照射着眼前的这幅场景，姑娘用虚弱却饱含深情的声音哼唱着，她衣衫褴褛，一头蓬乱的长发杂乱无章地披在背上。在她旁边还有个年轻姑娘，她几乎还是个小女孩，穿着同样破烂不堪的衣服，温柔地看着唱歌的姑娘。远处，隔着一片空旷的土地大约在森林的边界处，一个看不出年龄的印第安人在静静等候她们的同时，也在望着眼前的这一幕。

"我们走吧，奥尔藤西娅，我们走吧，太晚了。"小女孩恳求着并试图抢过姑娘怀里的"孩子"，但她顽强地抵抗着，继续摇晃。

"不行,赫苏艾要吃奶才睡得香。"奥尔藤西娅边说边撩起衣服露出一只乳房要把乳头塞进怀中那个木偶的嘴里。

"他已经吃过奶了,我们现在得走了,奥尔藤西娅,我们得赶在拉乌莱阿诺到来之前离开。波卫卫会帮助我们的,我们快走吧。"小女孩再次走到怀抱木偶的姑娘身边,轻轻挽住她的胳膊,拖着她走下木屋的两级台阶。

"你说得对,罗萨里奥,我们得在拉乌莱阿诺赶来前离开。他不喜欢我的孩子,所以我得把孩子带走免得他在拉乌莱阿诺面前哭闹,对,我们赶紧走。快点!快!"

印第安人走在两个姑娘前面,等走到灌木丛,进入藤蔓缠绕的茂密树林后。他开始用砍刀拨开树枝来寻找道路,但并没有砍断树枝,这样才能确保在他们进去之后不会被人发现他们是从这里逃跑的。

奥尔藤西娅停了下来,她不想继续走了,"罗萨里奥,你为什么把我带到这里?我不喜欢森林,罗萨里奥,这里有毒蛇。"

"波卫卫会拿砍刀把它们杀死,他会照顾我们。"

"如果游击队来了怎么办?"

"游击队不会来这里,况且所有人都已经死了。"

"爸爸和妈妈也死了吗?他们在哪儿,罗萨里奥?"

"在等我们,我们现在就去找他们,但我们得快点儿走,以防撞上拉乌莱阿诺,而且我们得悄悄地,假如让他听到我们的声音,他就会把我们再抓起来。"

"对,对,我悄悄地……"奥尔藤西娅对着木偶小声说道,然后轻轻地唱起一首多年前她妈妈唱给她的摇篮曲,"狼妈妈,狼妈妈给狼宝宝买了……"

三个人在带刺的荆棘和缠绕的树枝间艰难穿行,除了脚下的困难,罗萨里奥还要尽力不去理会周围的各种响动,那些奇怪昆虫的叫声,蛇在树枝上滑行的声音,四处躲藏的小狐狸发出的声响。或许还有鹿和老虎在紧盯着他们,但最好还是不去想这些事,不去理会。尽力避免直视那些巨型蜘蛛和其他居住在这里的动物,不要让动物们以为这三个人类侵犯了自己的地盘。他们已经走了一个小时,森林里枝叶繁茂,阳光几乎无法穿透遮挡他们的枝叶,但这里依旧热得透不过气来,烘热的湿气从地面向上返,巨大的叶片散发着蒸腾的潮气,轰隆的雷声和恐怖的闪电预示着大雨将至,印第安人带着两个姑娘试图在昏暗中砥砺前行,然而大自然早已警示他们从这里穿行将困难重重。

雨水能够减轻闷热,但雨滴穿过层层遮挡的枝叶要过很久才能落到他们身上,没有风这里仍旧透不过气来,雨水把他们一点点打湿,他们就用脚碾压着地上那一团团树叶和泥土日积月累的混合物,把它们踩扁。这算是一种森林垃圾,通过这种方式,作为森林之王的树木能够得以净化。

突然,听到一种酷似呻吟的叫声。那叫喊声,是女人的哭声,在表达着无尽的痛苦。奥尔藤西娅仿佛被闪电击中一样,停住脚步,一步不动,她转过头想要寻找,却在这声音的触动下哽咽哭泣,犹如鸟儿哀鸣,悲痛欲绝。

"啊……哈……啊……啊……我的宝贝,我的宝贝,他死了,我的宝贝……"

罗萨里奥抱住她,拾起奥尔藤西娅扔到地上的木偶,她知道等奥尔藤西娅再次发病时,她还会索要这个木偶,如同赫苏艾死后的每一天。印第安人沿着自己的脚印折了回来,他焦急地看着罗萨里奥,但此刻只能先安抚奥尔藤西娅,她比起手势让印第安人过来抱抱她的姐姐。尽管这对印第安人来说有点为难,但他们还是抱成了爱心结,这拥抱终于让奥尔藤西娅止住眼泪,平静下来。

他们继续赶路,这是一个漫长且艰难的旅程,他们正一点一点地在一条看不见的隧道里穿行,而这条隧道的地图只保存在波卫卫的头脑中。他只要仰望繁星就知道路在哪里。不知走了多久,天早已漆黑一片,他们在一处能看见月光的明亮的地方停了下来,每个人都感到精疲力尽。

"我很冷,罗萨里奥,非常冷。"奥尔藤西娅哀叹道,她靠在妹妹的裙子上蜷成一团。

"我知道,奥尔藤西娅,肯定会冷,但现在我们需要睡觉,我们在梦里会见到爸爸、妈妈还有姐妹们。"此时这个单薄瘦弱、无依无靠的小姑娘变得像保护神一样强壮高大,她一边拍打着姐姐的后背一边轻声地抚慰。在这细语轻抚中,姐姐慢慢镇静下来。

这情景让印第安人有点不知所措,他朝她们走了过去,从背囊里取出一条毯子递给罗萨里奥。而罗萨里奥把这条手工缝制的毯子盖在了昏昏欲睡的姐姐身上。

"不,我不愿意,有烟味,着火了,罗萨里奥,着火了。"奥尔藤西娅喊道:"我们家着火了,罗萨里奥!伊甸园正在被烧毁。"

滚滚浓烟和窜得比树还高的熊熊火焰让躲在大山森林里的雷诺索姐妹无比焦虑,她们不敢喊也不能动,她们知道自己的父母正在遭受酷刑,母亲绝望的叫喊和结束父亲抗议的枪声说明了一切:这个家正在被毁掉,房子,美丽的大山里的房子,这个家庭的骄傲,正被烧得一干二净,幸亏两姐妹在听到狗叫和看见骑兵疾驰而过扬起的漫天尘土时躲了起来。几天前,她们曾听短工议论过游击队对卡萨帕省的突袭,他们杀害反对党人士,烧杀掠夺反对派的财产。而她们的父母帕斯夸拉和安德烈斯在得知这个消息后,也是无法掩饰内心的焦虑,这让姐妹俩也不免感到恐慌,所以当这个不幸的午后降临时,两个姑娘一看见部队来了,就赶紧朝房后跑去,一直逃到后面的森林里。

她们已经顾不上森林周围流传的幽灵传说了,即使这里在传说中被当做幽灵的庇护地。因为她们此刻只能在这幽灵的庇护里躲避从镇里袭来的野蛮部队。相信比起幽灵,那充斥着死亡和掠夺的革命斗争更令人害怕,她们除了藏匿起来免遭强暴和杀害外,什么都做不了。

这个夜晚,在这片静谧的森林里,印第安毛毯的味道让她回忆起那个终结雷诺索姐妹幸福生活的午后。罗萨里奥,像个大人一样,老练娴熟地再次哄姐姐入睡,波卫卫也学会拥抱人了,他们一起平息了姐姐的尖叫,一起在恐惧和不安中等候黎明。

森林的夜晚尽管漆黑一片,但味道却出奇地好闻,仿佛所有的树叶、花朵甚至荆棘都散发出诱人的芳香吸引昆虫,鸟儿和森林里的其他生物前来与其共度一个激情无限的夜晚。就是这样一片热带丛林,即便阳光几乎无法穿透,但依旧酷热难耐。只有沉溺于巨嘴鸟、鹦鹉、巨型蝴蝶、蜗牛、小猴子……这一切令人羡慕的缤纷色彩中,才能让两姐妹求得暂时的心理安慰。

太阳升起来了,他们终于能舒展一下麻痹的胳膊和双腿重新上路。波卫卫的步伐更加坚定有力,他明白自己不但在帮助她们逃离拉乌莱阿诺·奥坎坡斯的残酷魔爪,更是两姐妹回归自由的唯一钥匙。

一天的艰苦路程又要开始了,他们的双脚肿胀,还受了伤。虽然两个姑娘控制了恐惧心理,但还会因受到刺激而随时发作。她们知道在巨大的蕨类植物后面可能藏着一只随时会袭击她们的野兽,尽管这样,她们依旧继续赶路。因为给她们的奖励是自由，是可以逃离拉乌莱阿诺·奥坎坡斯的魔爪。这个作坊老板，印第安劳工的主人，是个被上帝遗忘之地的万物的主人。

上午，当饥饿感来袭时，奥尔藤西娅有些精神恍惚，她自认为听到远处有人在喊她和罗萨里奥的名字。顿时吓得面色惨白，停住脚步，战战兢兢地问道："是拉乌莱阿诺吗？他要放狗来抓我们吗？"

"不是的，奥尔藤西娅，不会再有狗了。"罗萨里奥安慰道，她对此十分肯定，因为她参与了逃跑前夜的屠杀行动。拉乌莱阿诺的猎犬永远不会再妨碍她们了。为了顺利出逃，罗萨里奥决定在前一晚杀死所有可能会阻碍她们逃跑的人和物。她必须给他们下毒，波卫卫帮助了她，如同此前她帮他治疗被拉乌莱阿诺用鞭子抽打的伤口一样。

伊甸园的生活在此刻仿佛成了一个遥远的梦，像从未真实存在过一样，是一个在一切似乎都失去时能令她保持清醒和警觉的梦。罗萨里奥记得伊甸园的每个夜晚，那些童年和少年时期睡觉前的幸福时光，父母的悉心照料让她们如小公主般拥有整个世界的幸福。那些日子无异于精神支柱让她们忘记了现实的痛苦，忘记了离开卡瓜苏丛林后遭遇的残酷生活，在她们曾经生活的极乐世界毁灭后，赋予她们力量去面对现实世界。

他们坐在溪边，躲避中午的酷热，三个人都默不作声，各自沉浸在自己的思绪中。天气热得可怕，尽管一束束灼人的阳光照进森林时不那么强烈,他们还是决定在这个烤人的时段里午休以保存体力。周围的一切似乎都安静地睡着了,甚至连波卫卫在燃烧的香烟所散发的热量帮助下,从罗萨里奥背上轻轻拿下的水蛭也熟睡着。他,仿佛守护天使般给予她们无微不至的照料,在小溪钓了几条小鱼后,波卫卫还把这几条鲜美的小鱼给烤了。吃完烤鱼后,三个逃命人开始休息,养精蓄锐。

"还差很远才到吗,波卫卫?"罗萨里奥担心地问,她不想在姐姐面前表现出害怕拉乌莱阿诺再把她们抓住的心情。

"明天到奥维多,两天后能到维亚里卡。"

"好吧,就剩两天了。"

罗萨里奥更愿意去维亚里卡,而不是奥维多。在维亚里卡,有几个叔叔在那里生活,他们应该能帮衬这对姐妹。路程还很遥远,但任何牺牲都比再次落入折磨姐姐的那对魔爪里强。

罗萨里奥和奥尔藤西娅在家人惨遭屠杀后离开了山里,但那股尸体烧焦的味道却永远留在了她们的鼻腔里。硝烟还未散尽,但精疲力尽、饥肠辘辘的两姐妹匆忙登上了一列开往首都的货车。此刻的她们完全没有反抗的力气,甚至连询问今后会过怎样的生活的力气都没有。周围的人虽然很可怜她们,却又小心谨慎,避免跟她们说话,也不做任何的解释,帮助她们离开村子是他们能为两姐妹做的全部了。现在不是团结一致也不是牺牲性命的时候,她们只是被当做麻风病人,确切地说是政治麻风病人,虽然比病魔本身更要命。

小溪静静地、缓缓地伴着小路流淌,这小路无影无形却带领着三个落魄之人逃离恶魔拉乌莱阿诺·奥坎坡斯和他那些无恶不作的手下人。溪水很凉,因为旁边的大树像密不透风的天棚一样阻碍了太阳的入侵,它想把石头间穿行的透明液体晒热的愿望也一并被阻挡在外。当然危险也如影随形,波卫卫全神贯注地听着周围的动静,他知道动物们需要喝水,可能溪边会来一只犰狳或是一只鬃狼,也有可能来一只美洲豹,或者一只无疑会把他们吞掉的老虎。印第安人波卫卫知晓这些危险,他敏锐得像只狐狸,抑或像一只鬃狼,在所有动物中他最喜欢鬃狼,但他也清楚地知道自己已经年老,而且身体又不好,更何况他已经多年没有穿越这片辽阔的卡瓜苏森林了。

此刻,坐在一个低矮的山涧边上,他双脚浸在水里。奥尔藤西娅和罗萨里奥也模仿着他,但不一会儿就觉得冰冷刺脚。没有黄昏,夜幕毫无征兆地降临在这三个饥肠辘辘的赶路人身上,饥饿感又一次强烈地来袭了。突然,波卫卫双手伏地,猛地向前一跃。只有他的视力适应这里的昏暗,他能看见灌木丛下隐秘的活动,等他站起来时,手里多了一条不停扭动的蛇,正在他身上寻找可缠绕的栖身之处。他就那样紧紧地攥在手里,直到蛇不动了,才把它放下来,然后自己抬起僵直的大腿让双脚放松。

奥尔藤西娅惊在那儿一动不动,她的脸色比甚少出现在深蓝色天空上的月亮还苍白。浑身因恐惧而颤抖,冰冷的双手紧紧地抓住罗萨里奥,罗萨里奥赶紧遮住奥尔藤西娅的双眼,然后跪下祈祷。祷告让奥尔藤西娅渐渐平静下来,她不再颤抖,也跟着罗萨里奥跪在地上,但嘴里却一个字也说不出来。

罗萨里奥用手势示意波卫卫把死掉的蛇远远拿开,他照做了。这个夜晚两姐妹没有如愿睡着,一点儿动静都会让她们立即起身,不安地左顾右盼,而后又再次瞪大眼睛躺下。她们只能期待上帝的保佑让她们平安到达维亚里卡。

所有来自内陆村庄和偏远工厂的乘客都在这个老火车站下了车。奥尔藤西娅和罗萨里奥也不例外,沿着漫长的月台向前走去。一个卖面包的女人拿出香喷喷的面包递到乘客们面前,奥尔藤西娅忍不住在她面前停了下来,看着篮子里的面包,和母亲在伊甸园给她们做的一模一样。罗萨里奥催促着想把她拉走,她知道姐姐很饿,但她们身无分文,没有买面包的钱。卖面包的女人,看到和自己一样潦倒的姐妹俩,可怜她们,便送给她们每人一个面包。这股混合着玉米面、鸡蛋和自制奶酪的淀粉味道让雷诺索姐妹高兴得差点昏过去。

"非常感谢,夫人。"罗萨里奥说。

"你们是哪里人?"

"我们是卡萨帕人。"罗萨里奥回答道。

"我们的爸爸和妈妈都死了,被烧死了,现在我们无家可归,一无所有。"奥尔藤西娅补充道。

"是这样的！是革命党还是红党干的？"

"是游击队干的，他们烧了我们的房子，现在我们什么都没有了。"

"你们在这里有亲戚吗？"一个金发碧眼的胖男人听到她们的谈话，走上来问道。

"不知道，父母从没告诉过我们在亚松森是否有亲戚。"

"我可以帮你们，我叫拉乌莱阿诺·奥坎坡斯，我在卡瓜苏有个木材厂。如果你们愿意，我可以带你们去那儿。"

两姐妹沉默不语，不知所措。她们不了解这个城市，也不认识这里的人，既没有亲戚也不认识其他人。但她们食不果腹，需要落脚的地方，也需要家庭的温暖。

"你们可以给我帮忙。会做饭吗？"男人执意地问。"那里是荒漠，我需要监管伐木工人，只是偶尔回来几天。你们就留在家里洗洗衣服，做做饭。至少你们不会缺少吃喝。"

"那里的确是荒漠。"卖面包的女人确认道。

"你们先跟我去吃饭，就去火车站的小酒馆，你们认真考虑一下我的提议，然后再告诉我你们是否愿意去。"

男人不由分说，非常自信地拉着奥尔滕西娅的胳膊走出站台。两姐妹一直手牵着手没有分开；罗萨里奥也这样跟着他们，不过她一边走一边考虑男人的提议。她想起在家的时候听说过那里，那是赶牲口的人和她父亲聊天时提到的，她知道尽管那个地方的名字叫荒漠，但其实是无法进入的丛林，她有点害怕去这样的地方。

男人给她们每人买了一把扇子和一件印第安风格的方领短袖棉麻长衫，午饭后，就直接把她们带到了汽车站，乘坐驶向"荒漠"的汽车。这是她们默许的，男人从未不厌其烦地追问她们，是她们自己的决定。

旅途持续了一个又一个小时，他们到达目的地时身上都已覆盖了一层红色的灰尘，衣服和皮肤上到处都是，简直一副怪异的模样。然而旅途并没有结束，从下车的地方，他们要一直步行走到一家旅馆，在那儿租几匹马，第二天继续赶路，还剩下一段最难走的路途。

他们已经深入丛林之中了，雷诺索姐妹胆战心惊地骑着一匹温顺的小马，它被拴在拉乌莱阿诺的大马身上牵着走。他们静悄悄地穿行在一条狭窄得几乎不存在的小路上，四周的树木犹如高大的主人在自己的领地里默默地俯视她们。

又一个没有黄昏的傍晚，夜幕骤然降临，他们决定在一块儿干净的、植物稀少的地方露宿。突然罗萨里奥注意到波卫卫的异常，他行动显得很吃力。"你怎么了？"

"毒蛇。"印第安人答道。

"让我看看，我想看一下。"罗萨里奥哀求他说。

波卫卫的腿已经肿了,颜色发暗,没有治愈的希望了。

"疼吗?"

印第安人扯下了裤腿,以防影响走路。然后努力地舒展了一下疲惫的身体,他强忍着疼痛不想说话。就在不到一个小时以前,他突然感到一阵刺痛,以为是扎了一根刺,在俯身查看时,他发现了一条藏在草丛里的小毒蛇,这让他明白了一切。现在他感觉仿佛拖着一个千斤重的口袋一样,脚已失去知觉不听使唤,疼痛遍布全身。

几个小时过去了,罗萨里奥无能为力,依旧抱着头坐在那里。奥尔滕西娅,正呓语般地反复低吟:"我饿,我饿……"

"够了,奥尔滕西娅,闭嘴。"

"你给我吃的,给我宝贝,我的赫苏艾,我爱赫苏艾。"

罗萨里奥把木偶递给了她,她便安静下来。这会儿奥尔滕西娅唱起了摇篮曲。比起乱喊乱叫,罗萨里奥更爱听她唱歌,因为她的叫喊声跟她遭到拉乌莱阿诺强暴时以及拉乌莱阿诺因为孩子哭闹、影响他睡觉而把孩子摔死在地上时所发出的声音一模一样。

罗萨里奥知道命运分配给她的角色是坚强,但在她短暂的生命里发生了太多的不幸。她环视四周,注意到一个响了许久却没在意的声音。那是一种类似打手指的、单调乏味的、反复多次的声音,似乎是从小溪周边的树丛里传来。她使劲看了看,但什么也没看到。

几米远的地方,波卫卫十分安静地躺着。她走到他身边想问问他,但这个印第安人已经无法回答了。这样更好,因为倘若他能开口说话,他肯定早就告诉她这是老虎烦躁时耳朵发出来的声响,可那又能怎样呢,只是徒增她的恐惧罢了。

为他祈祷让他活下来还有意义吗?波卫卫是她们获得自由的唯一希望。奥尔滕西娅问:"现在是晚上了吗,罗萨里奥?"

"是的,奥尔滕西娅,已经是晚上了,而且将是一个无尽的夜晚。"

(《情书和其他故事》)

13. 萨拉·金兰的秘密

萨拉·金兰的失踪令她的女儿们陷入了痛苦的深渊,也让她的丈夫无比悲痛,以至于在她失踪后没几年就去世了。我亲历了他的死亡,也参与了萨拉·金兰以及她丈夫那离奇的人生中所发生的故事。

很久以前萨拉就企盼逃脱她现在的生活,但一想到开始新的生活将会远离她的家人,萨拉就备受煎熬。她认为独自追求幸福的想法就连动个念头都是极大的罪恶,甚至等同于犯罪。她时常幻想着在海边或是在某个偏远地区的大山里有座自己的房子,那里没人认识她,也没人了解她的过去,那样她才能感受到自己还活着。当然,如果那一切都能实现的话!

毛里西奥,萨拉·金兰的丈夫,当我认识他的时候,觉得他是一个特别伤感的人,内心充满了悲痛,而且这种情绪不是偶发的,而是如同附在他身上的另一个皮囊,让他呈现出颓废沮丧、灰头土脸的模样。我最心爱的小狗克林顿生病了，毛里西奥正好是值班医生，很自然地我就认识了他。他话不多，只说一些为克林顿诊治必要的话。他用那双大手触碰克林顿的身体，虽然无情但似乎并没有弄疼它。毛里西奥跟小狗没有任何的交流，这让我心生不悦，我也不喜欢他那张沉闷疲倦的脸，似乎我和我的狗打扰了他。尽管他的态度冷淡，却让克林顿摆脱痛苦，不再呻吟了，甚至还想舔一舔他的手，为此他几乎笑了一下，开了处方，让我两天后再带它来。

萨拉·金兰，毛里西奥·基瑟尔的妻子，没人想到她过得那么不幸福，以致最终决定离家出走。她的两个女儿，伊雷内和索菲娅相信：妈妈总有一天会回来的，因为她很爱她们，也知道爸爸非常伤心。她们年纪虽小，却很成熟。我初次和她们聊天时感觉她们就像两个小家庭主妇，操持着大人的家务，守护着这个家，生怕她们生活中仅存的那丝幸福和平静就像她们的妈妈一样离去。

第一次就诊后，毛里西奥·基瑟尔给我打了一个电话，请求让克林顿为另一个客人的母狗配种。我于是把克林顿送去了诊所，这是我和毛里西奥第二次见面，我把狗留给了他。他保证一周后会把狗还给我。他很守信用，一周后我把克林顿带回了家。见到克林顿因为离开这个一把年纪、不易近人、邋里邋遢、沉默寡言的兽医而难过哭泣时，我很不愉快。但他身上一定有某种特质唤起了我的猎狐犬对他的忠诚和喜爱。出于好奇我决定请他喝杯咖啡，他也接受了我的邀请。他坐在沙发上，点了一支烟，仰靠在沙发背上似乎想把一切烦恼都抛诸脑后。克林顿，坐在他脚边，崇拜地看着他，表现出了对我从没有过的亲昵。

我断定自己产生了近似于病态的嫉妒，但我什么也没说。我们开始聊天，这让我发现了一个头脑聪明、富有智慧、不是教徒的毛里西奥。从那个午后起，我们每周固定通两三次电话，谈论克林顿即将出生的子女，即便这是个很荒谬的理由。他给我讲有关那只母狗的一切，它的不适症状等，他对待它，称呼它，就像对待一个人，一个等待生产的母亲一样。临产那天，毛里西奥显得格外紧张和激动，即便这对他来说本应是一件稀松平常的事。那时我们已经超出了好朋友的关系。通过克林顿，毛里西奥上了我的床，走进我全副武装的孤独，成了我认为可以接受的情人。如果一个人对任何事情都不抱幻想，那么从这个角度看，毛里西奥成为情人这件事是可以接受的。我认为自己是生命的过客，永远的过客，不值得对任何人产生爱情，此外我还有更重要的使命，因此我才任由自己被毛里西奥所感动。

然而很快我就不得不改变了看法，我把对克林顿的着迷转移到了毛里西奥的身上。他轻而易举地彻底征服了我。我对他的感情日益浓烈，以至于想去认识他的女儿们。终于，我争取到他请我去他家共进午餐的机会。我走进了一套旧公寓，宽敞、安静却有些昏暗,然而我在他的女儿们——伊雷内和索菲娅的眼神里看到了一丝光亮,似乎她们认出了我,或者她们看出我是那个可以把她们从现在的生活中解救出来的人。孤儿是贴在身上的标签,甚至可以肯定地说,没有父母的孩子身上散发着一种强烈的被抛弃的味道。孤独很沉重,人们会远离那些乞求关爱和感情的人。我立刻就理解了这两个小姑娘,因为我也没有父母,直到我步入青年,我的妹妹都是我唯一的陪伴。我非常想念她。

我觉得两个孩子也遗传了毛里西奥的忧郁。我试着逗她们开心,问她们一些在我这个年龄看来有趣的问题,效果相对不错,伊雷内和索菲娅回答得很得体,但缺乏孩子应有的热情。她们端来了咖啡,味道很棒以至我赞不绝口,随后她们离开了餐厅,留下我和毛里西奥独处,我们两个人都沉默着,他似乎在请求我的理解,而我,也试着去理解他。他告诉我自从萨拉离开了家,就再也没有过她的消息。已经两年了,他不再期盼她还能回来。长久的沉默让我有了无限的遐想,也给了我一个合乎逻辑的推论,促使萨拉离家的理由是:她有一个和毛里西奥个性截然相反的、性格活泼开朗的情人,但我没敢对他说。

他一直把我送回公寓,激情地、愤怒地乃至粗暴地要了我,我不得不请求他怜香惜玉。然而对我来说,这却是他性格里最吸引人的一面,最隐秘的一面,也是任何看到这个像墙一样冷漠的男人都无法想象的一面。无疑,我有强烈的受虐特质,否则我不会允许毛里西奥的性爱游戏达到这种疯狂的程度。同时令我感到遗憾的是，我认为他的这一面是由他的自卑以及被萨拉抛弃引发的痛苦所致。我想询问，想深究，但他不允许。他的眼神好似一堵冰墙将他与外界隔开，我确信若要穿过这堵冰墙定会赌上性命。那么萨拉·金兰穿过这堵冰墙了吗？

我没有勇气让他离开我，他走进我的生活对我来说就像空气般不可缺少。克林顿喜欢他，这种喜欢给了我力量。我认为小狗拥有某种人类才有的能力，并相信狗和孩子只接纳好人。尽管我质疑过毛里西奥的善良，但他的回应是不能仅凭好和坏去评价一个人，好像没有其他区别似的。的确，在他身上我发现两种截然不同的态度就那样共生着，有时他对我很好，跟我聊他知道的一切，一起去听喜欢的音乐会，有时他却把我折磨得痛哭流涕，然后忏悔，像父亲一样安抚哭泣的我。

我和他的另一个隔阂是他的家庭。毛里西奥希望我能够融入他的家庭，每天去看望他的两个女儿，这让我感到十分畏惧。每次当我走进他的家门，似乎全世界的焦虑都向我袭来。即便两个女孩儿都很有教养，懂礼貌，但我依旧能感受到痛苦的阴云如浓雾般笼罩着整个客厅。若不是跟索菲娅聊天，我不会知道事情已如此严重。索菲娅给我上茶的时候，说了这样的话：

"我妹妹找到了妈妈的戒指。"

"什么戒指？"

"她的结婚戒指。"

"她在哪里找到的?"

"在花园里,克林顿刨的一个坑里。"

我去看了那枚戒指,被一块灯芯绒布包着,和其他已经被发现的首饰一样都是这个家庭过去的纪念。我安抚了绝望哭泣的小姑娘,也试图掩饰这个发现带给自己的震撼。这会让我跟毛里西奥产生正面冲突,我害怕这一刻的到来。

那晚我喝了酒给自己壮胆,因为我最坏的猜测得到了印证。几乎可以肯定是他杀了妻子后埋葬了那些首饰。很可能他发觉萨拉想要抛弃他,或者发现了萨拉和另一个男人的关系。现在,摆在我面前的难题是如何跟他谈这个事?我的懦弱,我所谓的谨慎,告诉我让一切都过去吧,或许是萨拉·金兰本人埋葬了他们的过去。

电话铃声把我吓了一跳,毛里西奥说有个急诊手术,午夜后才回来。"等我。"他命令道。

我用了好几个小时去想该如何开口,怎么能避免接近真相,用暗中试探的方式窥视他性格中那阴暗的一面……为此我喝了更多的酒,却毫无头绪。毛里西奥是半夜一点到的,我战栗着给他开了门。

"太幸运了,"他吻了我,"看起来你等我的时候喝了酒,那么一切就更简单了。"

"今天你要对我做什么？我需要卑贱地迎合你吗？你还想做那些暴虐残忍的事吗？"

"是的，残忍且快乐。你别害怕，我不会伤害你的。"

阳光透过窗子照进我的房间，我醒了，能够感觉到疼，非常疼，我的头很沉，似乎不再属于我的身体。床的左边，克林顿的哀叫声让我一头雾水。我慢慢睁开眼睛，直到瞪大双眼才看清屋里的惨状，简直是一片狼藉，还有一股我无法辨认的味道。克林顿再次哀叫起来，我努力撑起身体想要看看我心爱的小狗为什么哭泣。只见它的两只前爪搭在毛里西奥的胸前，他躺在那里一动不动，没有血色，已经死了。从他右手腕流出的深色河流，一部分像浓稠的红色颜料在床的周围永远地凝结了，其他的则流入未知的海洋。我不知所措只能像克林顿一样不停地哭号，哀叫……毛里西奥就这样走了，带走了所有答案，这双比任何人都懂得爱抚的手再也不会动了。

我叫来了警察，他们检查房间的时候，在毛里西奥的手提包里找到一封信，默默地交给了我。"亲爱的：我的女儿告诉我你们发现了戒指和其他首饰，我无须再说谎了，那些对你说的谎言如同装在背包里的石头一样压着我。是的，我杀了萨拉，因为她害怕我，觉得我恶心，这让我无法忍受。我把女儿托付给你，请你不要抛弃她们，也别欺骗她们。永远不会有答案。再见。"

10月23日,星期四

昨天,吃午饭的时候,法比奥问我是否已经想好如何庆祝生日了。

"还没有。"

"这样更好,我决定中午举办烧烤派对,我雇了一个烧烤师傅,你去租一些桌椅,这些细节你是知道的。"

"但是,我本想……"

"那天时间会很紧张,因为我很快就得返回牧场。"

"不庆祝更好,我陪你回去,我很久都没有去那儿了。"

"真是荒唐!那我们的关系呢?大家会怎么说?像我们这种身份的人应当履行某些义务。"

"可这是我的生日!我过生日的时候父亲总会让我做我喜欢的事情!"

"现在你父亲说的不算,我是你唯一的主人。"

说完,他转身继续和我们的儿子费利佩讲话。我怒火中烧,把所有怨恨都发泄在玻璃杯上,攥紧,捏碎,直到鲜血染红了桌布和衣服,我才发现玻璃杯已经在我手中成了鲜红的碎片,但我却没有察觉到丝毫疼痛。

在梳妆台的抽屉里找绷带的时候我发现了一张旧照片，上面是我和婴儿时期的儿子，我们坐在花园喷泉的一侧。我至今仍记得那个午后天空晴朗湛蓝。当时的费利佩正在我怀里抱着奶瓶使劲儿地吮吸着，我却因为胸部涨奶疼痛不已而勉强挤出笑容。法比奥不让我亲自喂养，他认为这样不卫生，还认为亲自喂养的男孩儿会过于依赖妈妈。因此我的儿子是用消毒得很彻底的奶瓶喂养长大的，他身体健康，但却是一个感情冷漠的男孩。

我沉浸在回忆中，全然不知从何时起照片中的天空暗了下来，顿时乌云密布，雷声轰鸣，闪电即刻划过照片。在那片天空的雨点坠落之前我赶紧把照片扔回了抽屉。我不想看到暴风雨。挣扎的一天结束了，晚上，在大家都熟睡时，我赤身裸体地去花园散步。

10月26日，星期日

今天，我没做刺绣，也没用躺在抽屉里的干花打发时间，而是彻底整理了衣柜，这让我非常忙碌。女佣也擦拭了铜器和银铃。家里看起来很亮堂。似乎一切都已经恢复正常了。

法比奥打电话来通知我他和费利佩明天回来。

夜晚，我坐在泳池旁，漆黑的水面犹如我酒杯里的液体一样平静。我闭上了眼睛，等再次睁开的时候，我看见绣球花坛起火了。可我并不在乎。我从来就不喜欢这些花。大火很快就烧尽了，没有残留一点烟雾和气味。但紧接着可可树也烧起来了，高高跳跃的火舌舔舐着树干，吞噬着枝叶。那些矮小的、炽烈的火焰则烧毁了白风铃，月桂在熊熊大火中也燃烧起来了。这些花草树木如同一个个沉默不语的火把孤零零地在花园的不同角落生长、消亡。

最后，我走进卧室，开始写下今天的日记。在药柜的镜子里我看到我的脸上终于出现了期盼已久的皱纹，此刻这张脸不再是美丽的面具。这些皱纹，在我的脸上留下印记，在我的皮肤上记录下了我的痛苦，证明了我是个有感情的人。

我不知道明天将会发生什么。

我不知道我是否能跨越四十岁这道鸿沟。我听到了门外的呼喊声。可我不想开门……我想休息。我厌倦了听话和顺从。

大火烧得房间已经酷热难耐，连威士忌都燃烧起来了。也许明天就会凉快下来，不会残留任何灰烬。也许我醒来时会满头白发。

我已经预感到我的这个生日将是一个难忘的生日。

15. 反叛的下场

佩德罗·胡安·卡瓦列罗市中心被装饰一新。这座城市的头面人物：商人、党魁、庄园主，以及其他地位显赫的男男女女，都精心为自己打扮一番，使得这座小城熠熠生辉。早上，受邀参加阿尔弗雷多·斯特罗斯纳中学毕业证书授予仪式的人们衣着华贵，争先恐后想要凑近将为毕业生们颁发证书的总统，以便一睹其风采并能奉承几句。

本届最优秀的毕业生，维多利亚·索萨·巴尔德斯，不停地走来走去，十分紧张，因为一会儿她要发表演讲；她自己的讲稿被校长扔进了垃圾桶，他们却交给她另一份讲稿来极力歌颂那位靠铁腕政策统治使这个国家陷入沉默和贫穷的军人。

维多利亚是单身母亲的女儿，她因自己凭着优异成绩在自视为公主的同学中间脱颖而出感到骄傲。在一定程度上，她们的确是公主，因其父母像走私国王一样骄傲。维多利亚很爱自己的母亲，非常珍视她为了让自己过上体面的生活而做出的牺牲。她就是那么高傲，从未屈膝跟女儿的父亲要过钱。他是当地富有的庄园主，今天也出席了学位授予仪式，因为他的婚生女儿们也在这所学校读书。

维多利亚高耸的胸脯将这件破旧而干净的校服衬衫撑得鼓鼓的。她身材苗条，皮肤黝黑，好似一匹即将在幻想中的大草原上自由驰骋的灵巧的小母马。

正午时分，亚松森城里的官员们都到了，有市长、红党地区主席、校长、督导员、教育部要员以及一些其他的显赫人物。他们发表演讲，吃力地说着塞万提斯的语言。接着，轮到维多利亚了，她自作主张地省去了歌颂非凡领袖的溢美之词，发言简短。

总统为完成必修课程的学生们颁发毕业证书并同她们一一握手。维多利亚觉得总统给她颁发证书的时间比其他人都长，在为她佩戴最佳毕业生金牌奖章时下流地盯着她看。

典礼结束，炙热的阳光隔着衣服依旧烤人，参加毕业典礼的人们渐渐散了。维多利亚和母亲高兴地走着，这时一个男孩追上来递给她一张校长的请柬，邀请她参加学校的午宴，并只请维多利亚一个人。

"谢谢，请告诉校长我去不了，因为我得和妈妈一起庆祝。"维多利亚说完便与男孩告别。"这邀请看起来像是对我的怜悯，到现在才送来，再说没有您我也不去。"

胡莉娅娜，维多利亚的母亲默许了她的做法。她在被那个曾勾引自己的男人像废物一样抛弃之后，一直未能重获自尊，这是她一生的包袱，使她消沉，她尽量不表现出自己的真实情感，她不想破坏女儿的安全感也不想击碎她的梦想。她把全部希望都寄托在女儿身上。

还没到家，一辆汽车在路边停下来，车里传出一个男人的声音："维多利亚！"

"您是谁？"维多利亚俯身去看那个司机。

"我是阿雷纳斯上校，总统的副官。我来接您去参加午宴，您不能拒绝，这是总统本人对您的邀请。"

"我不能去，我跟母亲说好了一起庆祝我的毕业，这全是她的功劳。"

"那好吧，她也可以一起来。"说着男人打来了车门。

母女俩没法拒绝，只得上车。她们到达时宴会已进入高潮。数学老师挽着维多利亚的胳膊，把她带到预留好的总统对面的座位。

对维多利亚而言整个午宴很是煎熬，她不敢抬头怕撞上这位头号人物意味深长的眼神，他像猎鹰一样注视着她。

突然，她听到那个人略带鼻音的声音："您现在想做什么工作，小姐？您想学什么？"

这时所有目光都集中在她身上，听她回答：

"我要去蓬塔波朗读新闻专业。"

"好啊……"他若有所思,"那是一所私立大学吗?"

"是的,我已经拿到了所有的资料。"

"谁来负担您的学费?您要住哪儿?"

"我的教母,她是皮涅罗家族的人,我什么都不会短缺。"

"真是慷慨……"嘲讽的语气中带有侮辱性,但维多利亚低着头,没有说话。

"如果您改变想法,决定在亚松森上学,我本人可以为您争取到一笔丰厚的奖学金。"

"非常感谢,但我已经决定去蓬塔波朗了。"

"舍近求远,那就随您的便吧……"男人嘟囔了几句,不再理睬她。

几年后,维多利亚回想起那个承诺,如今那位曾经位高权重的人现在什么也不能给她了,他被流放到巴西,远离故土,就像自己一样,即使在巴拉圭也如同身在异乡。这天是记者节,中午十二点,维多利亚准备吃两三片安眠药,把当天剩下的时间睡过去。如果可以,她宁愿永远沉睡不醒,可是她不能把自己的母亲一个人孤零零留在这个世界上,对于被遗弃的人来说,这是个多么残忍的世界。

服用的药物开始起作用了,和奈斯托尔在一起的那些幸福时光浮现在她的脑海里。

刚出校门不久维多利亚就认识了奈斯托尔,那时她刚开始找工作,她在巴西所学的专业非常受欢迎。她很有语言天赋,喜欢与人交流,最终满怀憧憬去了边境一家普通的广播电台,她请求跟主管谈谈。奈斯托尔在城里很出名,维多利亚被他待人时所表现出的纯朴和热情吸引住了。

"你敢对着话筒朗读吗?"

"是的,当然。"

"这是测验,你不能事先准备。"

"好的。"

虽然维多利亚心里紧张得发抖,但她发挥得很稳,奈斯托尔要求她将内容翻译成葡萄牙语朗读出来,她译得也十分流畅。

"太棒了!"他拥抱了她,把她介绍给导播。"从今天起,维多利亚就是北方之星广播电台的播音员了。"

随后,他邀请她去对面的酒吧吃午餐,她说不能忽视了母亲,得先回去把这个好消息告诉她。

"的确应该这么做,但你可以过会儿再走,先陪我去吃个三明治,喝一杯汽水,我顺便告诉你工作时间表和薪水。难道你没兴趣知道自己的薪水吗?难道你是富婆吗?"

一切就这样开始了,一场十七岁少女和三十多岁男人之间的游戏。他告诉她自己已经结婚,但妻子没和他住在一起。维多利亚告诉他自己是单身,觉得一个人挺好,只是母亲安静孤独的状况令她的生活略有缺憾。他给她看自己写的诗，他们一起感叹，彼此对视，都意识到一些事情正在悄然发生。

维多利亚大声疯笑，母亲探身向她的房间望去，看她出了什么事。

"没什么，妈妈，我只是在高声思考，想想今生所做的一切。我自问是不是被你的命运传染了，因为我们俩都被抛弃了。妈妈，我们怎么了？是被瘟疫缠身了吗？我们的命运被打上了必然被抛弃的烙印吗？"

老妇人拖着双脚凑近供奉着多洛蕾丝圣女像的一张长条桌，点上一支蜡烛开始祈祷，任凭女儿将抱怨化作绝望的哭泣，直至慢慢平静下来，酣然入睡。

维多利亚和奈斯托尔的关系很快便成了城里人们茶余饭后的谈资，他们总是出双入对，每个毛孔都散发着爱意，难以抑制。除了他不得不回亚松森尽家庭责任的时候，她都感觉非常幸福。维多利亚学会了沉默，她知道奈斯托尔爱的人是她，但他永远不会和妻子离婚，从父亲身上她明白了很多，要原谅情人的懦弱。她对那一纸婚书并不在意，只是无条件地爱他，但令她痛苦的是，他从来没触及过关于明确二人关系的话题。

不幸之年伊始，奈斯托尔发现城中扶伦国际分社中的一名成员是毒品运输的负责人。这是偶然发现的，但他第一时间就举报了这个人，起初还稍加谨慎，后来便知无不言了。从那以后，他的身边人和他的人身安全便开始受到威胁。市政府在电台大楼调查时发现了一些问题,将电台关闭一周。奈斯托尔知道这是对他的恫吓。维多利亚担心他会遇到更严重的事,可她什么都不能说,因为倘若告诉他,他一定会对她胆小懦弱的态度大失所望。

电话铃声把她吵醒:"妈妈!妈妈!接电话!可能是奈斯托尔……"

母亲知道她家的话机接不到来自巴拉圭的电话,也不相信这里会有人打来电话,可在这个热得连感情似乎都可以熔化的人口密集的城市,几乎没有人认识她们。她想的不错,果然是有人拨错了电话。

维多利亚在药物的作用下继续沉睡,感觉自己没睡在现在的房间里。她颤抖地抓起话筒,知道电话不会带来什么好消息,而同样是威胁她。即便在梦里,她仍然觉得尖刀扎在胸口,跟那次他们给她打电话时一样。

"你是维多利亚·索萨·巴尔德斯吗?"

"那声音,那声音……她以前听到过……"

"这么说你没去蓬塔波朗上学,而是躲在一个已婚男人的被窝里,哈哈哈……现在你得独守空房了,和你的情人见鬼去吧!这回该你尝尝是什么滋味了!"

"……您是谁?"

"我是谁你应该很清楚,不过知道也没什么用,你的好日子到头了,告诉你的情人别掺和我朋友的事,要是再多管闲事,他就活不了多久了。而你,自以为是的东西,也一样会死!"

她醒了,浑身是汗,心噗噗直跳,喝了水还是觉得渴。虽然脑子清醒过来,可梦仍在继续,只是睁着眼睛,那天的每一个细节都在重复。

"嗨,亲爱的,睡得怎么样?"奈斯托尔的声音在她听来是那样甜蜜。

"挺好的,我马上起床去电台。"

"我马上就来,这次回去非常想你,我给你带了礼物。"

洗澡时,那些威胁的话再次涌入她的大脑,使她几乎难以承受。也许就在今天,她可能会失去自己的情人,孤独终老。

"亲爱的,但愿他们把我和你一起杀死!"她真心这么想。

奈斯托尔充满激情的吻弥补了一切,补偿了分离的思念和为他的担惊受怕。在奈斯托尔的怀里,她可以忘掉整个世界和全部痛苦。

中午时分他离开了。

"我要去交账单,然后在高恰奥等你。我会让希尔索开车接你过去。"

他走了,脸上带着乖孩子般的微笑。她匆忙播完午间报道,却还是没有等到再次与他见面的时刻。十二点半,一个电话让导播面色惨白,浑身发抖。他切断播音,冲维多利亚做个手势,让她来导播间。

"怎么了？为什么中断广播？"她问道，心中却不想听到自己已经预料到的答案。

"他刚刚被人杀了，是谋杀。"

16. 白额马

"大家叫他白额马是因为白癜风让他的脸变得比石膏还白……"

还是这个老头,坐在我爷爷小酒馆的阴凉处,似乎在跟大家说话又似乎在自言自语。

起初很少有人关注他,他只是坐在这里自顾自地说着,像是在讲述自己的故事。但时间一长,大家便围拢过来,安静地聆听他断断续续的讲述,为了不错过每一个精彩的瞬间,大家甚至能够耐心地等待他每个词语间的停顿。

他是个印第安老头,脸上的皮肤像绷紧的皮革,没有一丝皱纹。一件破旧的斗篷下露出一对用银线刺绣的毛衣袖口,这是他唯一的穿戴也是他的全部家当。爷爷从来不收他的杜松子酒钱,这种酒能让他在讲述时提起精神,给予他灵感。没人知道他说的是不是真事,是否发生过,也没人在意,因为大家都紧紧追随着故事情节的跌宕起伏。

"那些满脑子知识的文化人解释说白癜风这种病会让你的皮肤褪色,吸干你皮肤的灵魂还有那些日积月累的黑色沉淀,会抚平寒冷带给你的皱纹,让你的皮肤永远白皙光滑。而医生说白癜风是神经方面的疾病。我觉得很可能是这样,白额马确实因一个土著姑娘嫁人而变得疯疯癫癫。"

爷爷一向连问都不问就给他倒一盅杜松子酒放在桌上,每当这时他就停下来,细细地品上一口,然后长久地回味,仿佛在跟给他暖胃并激发他灵感的酒作别。

"大家叫她黑姑娘,因为她遗传了妈妈的肤色,全身漆黑透亮。一双古灵精怪的小眼睛,比来夺走我们一切的那些长着水汪汪大眼睛的外国佬看到的更多。黑姑娘头脑聪明,想象力丰富,大家都应该和她说说话,见识一下她的笑容,这样才能知道这个姑娘有多美。幸运的是,她完全没有遗传她父亲的相貌。"

我听得入了神,这之前他从未提起过黑姑娘,可以确定她过去住在镇中心,我们几乎不去那里,因为迄今为止,镇上住的都是白人。真好奇这个漂亮姑娘什么时候在那儿生活过?

爷爷拥有一种被我称之为穿越到过去的眼神,那眼神能够让他飞越时空活在另一个世界里,而且那里显然要快乐得多。此刻爷爷正用这种眼神凝视着这个讲故事的人。

"黑姑娘的父亲曾是名士兵,和来杀害我们、抢占我们土地的冯塔纳那些人是一伙的。杀了我们以后,他们中的一些人就把自己的家人带到这里并定居下来,慢慢就形成了一个村落,即如今的城镇。这是一个冲击平原型的村镇,人们像滚落的石块、融化的泥土般从各个地方纷至沓来。有像那个经营妓院供矿工找乐子的科伦提诺人一样从北边来的;有像那些为了生计什么都做的穷困的智利梅斯蒂索人一样从东边来的;但南边没有人来。因为我们一直生活在这里,除非世界灭亡。"

"士兵竭尽所能地养活这个女儿,没有人见过黑姑娘的母亲,但大家相信她就在我们当中。黑姑娘自由自在地成长,像小鹿一样,没人管时,就跑到街边追逐嬉戏。她总是赤着脚一边在街头漫步,一边吃着从外国佬的园子里偷摘的红醋栗,天真无邪,好不惬意。若不是有一天一个庄园主来求婚,她父亲险些忘了黑姑娘已经年满十四岁了。"

"那个庄园主向士兵承诺'我会让她接受一个小姐应有的教育,我要把我的土地加上她的名字,让这些土地永远属于她,我未来的妻子,倘若您愿意,可以来庄园跟我们一起生活,我会赡养您,为您养老送终'。"

"我相信这是真事,因为迄今为止在这个落后的地方依然是这样,女人若是嫁出去了就该感恩,若嫁不出去,就会就像冬天里的小动物一样孤独终老。真可惜,我还一直都想认识黑姑娘呢!"

"黑姑娘的父亲不知道她和白额马早已互生情愫。两个年轻人总在一起玩耍，相亲相爱，形影不离，似乎早已认定了对方。他们一起奔跑、一起唱歌、一起用男孩子自制的弹弓猎鸟。夏天他们在湖里嬉水，冬天躲进山洞。连镇上最不长眼的人都知道他们没有彼此便活不下去。还有我的人，藏在特罗纳多峰附近，同样把他们俩看得很紧。我妻子说这是种族复仇，士兵杀害了那么多人，可现在他的女儿却将为我们注入新的血液，因为白额马是纯种马普切人，他的真名叫做纳乌埃尔。"

"收拾好你的东西，明天我们就去堂格里高利的庄园。你要去跟他结婚。"士兵对黑姑娘说。

"嫁给那个老男人？不！我不嫁。"她推开父亲想要逃跑，但士兵一把抓住了她的头发，史无前例地打了她，还把她捆在床上，第二天天一亮就把她带走了，受伤的黑姑娘伏在她常骑的小母马身上无助地哀怨哭泣。士兵把农舍里的一切物品都赠与了一个一贫如洗的村妇，那村妇帮黑姑娘整理了行李，很轻很轻的行李。然后留下了最值钱的部分，她当然要这么做，这对她来说太重要了，仿佛女王对着财宝发誓一样。

"第二天，白额马来了，他诧异地发现他的黑姑娘不在家中，这时村妇把一切都告诉了他，她很乐意见到别人的不如意，正如此刻男孩儿那无法掩饰的痛苦。"

"大家几个星期都没有见过他，听闻他和老鹰结伴而行，在山顶、在雪中边走边哭。他还朝着深山吼叫,那一阵阵的回声响彻山谷,但谁也不知道他在喊些什么,或许在呼唤他的黑姑娘。直到走累了、哭够了、饿得受不了了,他才回来。若不是凭衣服和大家熟悉的细节,没人能认出他那张幽灵般的脸,惨白阴郁,没有一丝血色,仿佛涂了一层遗忘石膏。那是人们最后一次见他,之后他便永远消失了。"

老头这回沉寂的时间比以往都长,不像是单纯的停顿。难道黑姑娘的故事讲完了吗?

等了一会儿,我实在忍不住了,寻个借口去擦老头旁边的那张桌子,我走到他跟前,好奇地问:"这样就完了吗?"

他抬起头,那张原本皮肤紧绷的脸上在这长久的沉寂后顷刻间冒出了沟壑纵横的皱纹,一双小眼睛就在这样一张脸上满满地睁开,他叹了口气,继续说道:

"我们马普切人都长寿,所以我有幸看到了故事的结局。没过多久,黑姑娘就丧偶了,多年后,大约十五年后,她坐马车回镇上给女儿洗礼。我恰巧就站在附近,于是走上前去拉着黑姑娘以及她小女儿黝黑的手,搀扶她们走下马车。小姑娘纤瘦灵巧,肤色和她妈妈一样,头戴一顶黑色礼帽,脸上遮着一块面巾,这时一阵风吹过,诸位都知道帕塔哥尼亚的风是多么狡猾,一下子就把她的面巾吹走了,一瞬间,我看到了她的脸:一样的白,跟白额马的脸一样白。"

17. 穿越彩虹桥

　　眼角的余光似乎瞥见了什么东西，但她并没有在意，继续用合成鸡蛋制作蛋黄酱。又一次，一道色彩从窗前掠过被她迅速地捕捉到，她以为那是下午三点时分的落日。然而，就在她关上冰箱门时，一个映在冰箱上的又红又圆的东西引起了她的注意。虽然外面骄阳似火，但她还是下定决心出去看一下。结果她看到那个东西正毫无生气地弹跳着。

　　那是一只气球。一只普通的、深橘色的充气气球，上面带有天蓝色的点缀。就只有这样一只气球，这里没有别的气球做伴，没有人过生日，也没有孩子们在游戏，谁也无从知晓它曾孤身穿越过哪些地方才最终来到了这里。

　　天气酷热难耐，索尔维依格伸手去够系在气球上的细线时灼伤了手指。但她顾不得这些，带着气球热得满脸通红地回到屋里，关上厨房的门，在空调冷气的作用下，气球变得略微硬实些。她满怀惊喜地观赏这只气球，十分喜爱它的颜色和材质，丝毫无法掩饰这种喜爱。欣喜过后，她打开橱柜，把气球放了进去。

接着，她开始按部就班地布置餐桌，白色的桌布，灰色的铝和塑料材质的餐椅，一次性餐盘和餐具，几只格外透亮的杯子以及一只位于餐桌中央的水罐。她一边往所有食物上涂抹无色酱汁，一边觉得自己画蛇添足，因为这单调的酱汁不会为肉和蔬菜增添一分色彩，可这正如她丈夫所愿，万物都不应显得突兀，一切都该是同一色调，而且要日复一日地重复着，不应有任何改变。因此整个家里都保持着这种单一乏味的、一成不变的铅灰色调，就连食物也是如此。厨房里的家具是浅色，瓷砖是冷酷的白色，器具是不锈钢的铅灰色。

假如让她用三个词来形容她丈夫，那一定是：索然无趣、灰暗无光和整洁干净。

她边沐浴边给自己消毒。第一次，她开始考虑自己，她意识到自己已经成为一个瘦弱、疲惫且憔悴的女人。她在三十年前出生，记忆中自己的父母比这个通过网络结识的丈夫亲切多了。他们的婚姻看似很般配，因为两人有颇多相似之处：都是孤儿，都喜欢井井有条的生活，都最多只想要两个孩子，并且酷爱干净。而这最后一个因素也是她决定选择阿斯伯格的原因。

像往常一样，索尔维依格把内衣烧了。但这一次她惊讶地发现，自己居然在哼着歌，这太奇怪了！她从未这样过……甚至她还面带微笑。

门开了，她的女儿、儿子和阿斯伯格回来了。

"晚上好，妈妈。"

"晚上好，索尔维依格。"

仅此而已，没有更多的寒暄。然后他们就去洗漱了。她独处时，跑去偷看了她的小秘密，发现那只气球正淘气地撞着橱柜顶部，想要逃离这个牢笼。

"怎么了？"阿斯伯格厉声问道，声音震耳欲聋。

她吓得脸上顿时失去了血色，赶紧把晚饭端上了餐桌。

"你换窗帘了吗？拍打床单了吗？用吸尘器吸天花板了吗？"

索尔维依格的回答都是肯定的。这是事实。她每天都重复同样的事情，就像她丈夫每天都需要听到这些肯定的答复一样，但令人绝望的是，他依赖这些答复。

每当这样例行询问时孩子们从不说话，他们只是偷偷对视，彼此交换一下属于同一阵营的微笑。她喜欢孩子们这样，即便她知道孩子们漠不关心，而且她还发现他们有自己的隐私，拥有如运河对岸的动物们一般激情、有趣的生活。

"我在卧室等你。"阿斯伯格跟她道别。

"明天见，妈妈。"洛克和爱尔比艾说。

他们刚一离开，她就迫不及待地去拥抱那只气球，整个人沉浸在了温暖的橙色弧线中。此时的她仿佛置身在另外一间厨房里,这里有深栎色的椅子、小麦色的椅座。仅有的光线来自炉灶中蹿腾的炽烈火苗,它们一边给锅具加热,一边在描花盘子和琥珀色酒杯上迸溅出无数的小火花。她几乎能够感受到餐桌上花瓶里那金黄色菊花触及面颊的感觉。

"索尔维依格。"丈夫的叫声再次让她从幻梦中清醒,把气球藏好后,她应声答道,"来了。"于是开始循规蹈矩地做起家务,把垃圾倒入水槽里的粉碎机,把一次性盘子、餐巾纸以及餐具扔进焚烧炉,戴上消毒手套去取烘干的杯子。接着,她关灯离开,向卧室走去,扔下这个冰冷、贪婪的厨房,它仿佛一张饥渴的利嘴总是吞噬掉所有的垃圾、言语和情感。

上床前,为了获得快乐的高潮她吃了一片高潮药。从初夜起,丈夫就向她发号施令:所有堆积的物品都是垃圾,垃圾有害,我作为卫星城的环卫领导,绝不允许我的生活里存在一颗肮脏的微粒。我们每晚都要同房,这样就不会积累欲望和压力,把欲望发泄出来,才能平和、干净地入睡。

偶尔,索尔维依格觉得自己只是个吃饭的饭桶,其他什么都不是。那些感觉、梦想甚至是不幸在她身上没有留下任何痕迹。

早晨,附近基地发射火箭那振聋发聩的声音把她从睡梦中震醒,她还记得自己梦见了绚丽的色彩。但现在不是做梦的时候,她赶紧穿上衣服,慌慌张张地去准备早餐。然而她的思绪全部在橱柜里面。

丈夫不满地抗议着果酱的气味,她答应以后再也不用了,孩子们则把脸埋在餐巾纸后面偷笑。

等他们走后,她跑去橱柜拿出气球,像小姑娘般轻盈地蹦蹦跳跳,与气球愉快地嬉戏一番。那之后,她把气球收好,开始打扫屋子,她太开心了,时不时就莫名其妙地发笑。直到中午她的兴奋劲儿还没有过,以至她连午饭都顾不上吃,就又一次把气球放到眼前,让自己完全沉浸在气球天蓝色的海浪中,从未见过大海的她感到嘴唇上粘了咸咸的水珠,微拂的海风激得她晒成古铜色的皮肤打了个冷战,她把脚浸在海里,在温暖的沙滩上奔跑。大海拥有宇宙中的所有颜色,只有灰色除外。

下午四点日落时分,蝉鸣叫了起来,把她从梦中拉回现实。她不得不把梦保存起来,一如平常地做家务,等她想要跟气球告别时,发现这只气球泄了气,化作了白色橱柜里的一块污渍。她知道自己再也不能跟它玩耍了,随即便感到了不可救药的孤独。

于是,她把一整瓶高潮药全都扔了,然后倒掉了家里所有的消毒液,再往每张床上洒一把灰尘,最后从气球上剪下红色细线,充满爱意地装饰着桌上的四个盘子,她一边装饰,一边颤抖,流下了愤怒、伤心的泪水。

做完这些她就去洗澡了,抚摸着自己的身体,她第一次体会到原始的快乐。她没有像平时一样用发网将头发挽起,而是任由顺滑的长发垂落在赤裸的身体上，在自己的房间里漫步，那般从容，那般旁若无人。

她记得洛克曾从一艘陌生的船只中拾回过一些东西，那是几艘经常靠岸的船只中的一艘。在衣柜的最深处她找到那样一个包裹。从包裹中，她取出一件丝绸长衫穿在身上，丝绸贴在皮肤上闪耀着彩虹般的色彩，散发着独特、刺激、令人兴奋的香味。

她赤着脚下了楼，对着金属大门打量自己，美丽，特别，绚丽多彩！

离开家门的那一刻她表现出了从未有过的坚定与决绝，昂首阔步，目光望向无边的天际。她坚信美好的生活正在那些鲜艳的椭圆形世界里的某处等候着她。

她朝着遥远的海峡走去。

18. 兄弟情

伊莱内，罗斯普马斯酒吧 & 咖啡馆的出纳，她觉得神秘的史密斯兄弟事件很容易揭开谜底。她确信自己知道真相。

罗斯普马斯的常客虽不成群结队而来，但彼此都认识，已经在这里工作二十年的伊莱内对他们就更加熟悉了。她每天坐在高脚椅上，把半个身子藏在破旧的收银台后面，饶有兴致地观察着来到这里的男男女女，通过他们的言谈举止，推测他们来此的目的，为何到这昏暗舒适的地方小坐，他们遇到了什么样的问题，还是有什么高兴的事。

来这里的大部分人都是罗斯普马斯多年的老顾客了。伊莱内即使闭上眼睛不看，甚至连想都不用想就能说出客人的名单，他们来店里的日子，常坐的位置，点什么餐食，当然，有时还能从他们身上得出某些结论。她很乐于发挥全部的想象力来打发从开张到闭店的漫长时间。而回家后她会习惯地热一下钟点工给她留的晚饭，然后躺在自己那张宽大的老处女的床上读侦探小说。

每周四是史密斯双胞胎兄弟来店里的日子，他们总是下午来，汗流浃背的，边走边拍打附着在衣服和皮肤上的尘土。临主街面对西侧窗户的座位是两人阿曼多和哈恩常坐的位置，他们就是在那儿等候两人的小弟弟西尔维奥的到来。兄弟三人的聚会没有一丝亲密和友善，他们之间都很少说话。据伊莱内猜想，这与孪生兄弟负责管理拉麦基庄园一事有关。而西尔维奥是史密斯兄弟三人中最英俊、最有男人味的一个，年纪轻轻就结了婚，随妻子住在岳父家。他的岳父贝拉尔米诺·奥冷特斯，一个顽固、吝啬的西班牙人，是镇上首富……但终有一天他会死去，至少这是西尔维奥所期盼的。

11月22日，又是一个星期四，但这天双胞胎兄弟没来店里，伊莱内在脑子里的记事本上用红色做了标记：这么多年，他们第一次没来赴约，正当她苦苦思索时，二人出车祸的消息即刻终止了她对此事的探究。是黛尔菲娜，店里最年轻的服务员，她急急忙忙地跑来告诉伊莱内西尔维奥和他岳父已经遇难的消息。"他们两个人葬身在了墓地的尽头，"黛尔菲娜紧张地说道，"当人们把消息告诉贝尔娜尔蒂塔夫人时她立刻晕倒在地。"

墓地的尽头是悬崖，地处拉斯克鲁塞斯山丘一处非常明显的转弯处，是南纬四十二度以南很远的地方。伊登村被众多的山丘所环绕，而拉斯克鲁塞斯山是其中之一。小山和山丘把这座拥有三十个街区的宁静村落团团围住，远远望去，仿似一副精心布局的跳棋棋盘。公路穿越最高的山丘直抵伊登村，尽管在一百米深的陡峭悬崖上方安装了护栏，但还是会有汽车坠崖。这些坠崖的车辆先是烧成灰烬，最后逐渐被遗忘和冷漠所吞噬，村民们不认识这些坠崖的外乡人，也不想知道他们能否获救。

伊莱内终于知晓了这场事故的全部细节，还有哪些人将为死者守灵等具体事项。这要感谢黛尔菲娜及时提供的消息，以及酒吧里那些女保洁员在清扫铺有棕色和黄色地砖的地面时的闲谈。

"玛利娅·贝尔娜尔蒂塔夫人不能守灵，因为她尚未清醒过来，这样的悲剧不是像她这样脆弱的女人能承受的！两个男人同时没了，就剩她一个人，更何况，这两个男人是她一生中最重要的两个人：父亲和丈夫。"

"贝尔娜尔蒂塔夫人像疯了一样，他们只能让她好好休息，这打击对她来说真的是太沉重了。据说车祸似乎是她父亲的问题，他和女婿那次出行非常重要……可怜的老贝拉尔米诺在墓地尽头被烧死了……怎么说呢，就这样死了，跟穷人一样，什么也救不了他，再多的钱也无法让人长寿。"

"最糟糕的是贝尔娜尔蒂塔夫人没能去参加葬礼，据说她时不时就晕倒，我去厨房想找杯水时看见她了……她坐在床上，脸像死人一样惨白，几位姑妈搀扶着她。据说，两天前她能下床了，她走出去告诉来找她但没进屋的大伯们，她必须穿一身黑色才能出门,伊莱内您想象一下:她可是同时变成了孤儿和寡妇。"

"据说那对双胞胎大伯容不下她,但也只能尽责任照顾她。如今那所房子上贴了一张告示,用大大的字写着此房出售。可怜的贝尔娜尔蒂塔夫人,她如何知道这对有怪癖的双胞胎老光棍会怎么对待她。"

伊登村的生活一如既往,和从前一样,冬日的寒冷熄灭了夏日的烈火;村民们依旧觉得自己是困于地狱的囚徒。车祸发生的几个月以来,没有比这更大的事件发生,但有关贝拉尔米诺和西尔维奥遇难及其后续事件的流言飞语也随着时间渐渐平息,人们又开始寻觅其他新闻,史密斯兄弟也重新造访罗斯普马斯酒吧&咖啡馆,然而现在他们不是自己来了,贝尔娜尔蒂塔也跟他们坐在一起。像从前一样,气氛仍旧沉闷,哈恩独自点了一杯冰啤酒,而阿曼多则询问了贝尔娜尔蒂塔,当她点了一杯可乐加冰后,他也陪她一起点了可乐加冰。

眼前的情形无疑给了伊莱内一份意外,她用昆虫学家般的眼睛观察着这三个人,他们的每一个动作、每一个眼神,连他们兄伯和弟媳之间谈话的细节都丝毫没有漏掉。

最初的几分钟里气氛有些僵硬。伊莱内注意到贝尔娜尔蒂塔似乎比从前更有活力了。丈夫还活着时,她是一个苍白、纤弱的富贵小姐,只有家门以内是她的天下,像一个单薄、枯瘦、隐居在房子里的公主。但今天伊莱内见她把头发挽成了性感的发式,一团乌黑浓密的发髻散发着诱人的香气,随时等待垂落到她大伯哥阿曼多的面前,而阿曼多的眼睛一刻也没离开过她,始终盯着她袒露的胸口。贝尔娜尔蒂塔呈现出古铜色的皮肤,身材似乎胖了些,显得那么丰满。她的举止也更加坚定有力,让伊莱内惊讶的是她竟露出了手臂,没有任何衣袖作遮挡。

随后的气氛就显得很紧张,只有阿曼多和贝尔娜尔蒂塔在交谈,虽然两人只说了寥寥几句,但近在咫尺的哈恩却似乎跟他们相距甚远,从表情可以看出,他正全神贯注地思考着某个邪恶的念头。当他们起身离开之际,女人是笑着同他们说话的,伊莱内觉得她肯定因某事有求于大伯哥,阿曼多答应了她,随后告诉了哈恩,或是对哈恩说了什么,随后就和她去了春天花园,那里出售矮牵牛、红掌、地中海柏木,庄园管家们通常把这几种植物买回去装点自己的庄园。

哈恩坐在驾驶座上,**戴着雕花大檐帽**,任由车门敞开着,也许是为了躲避凶猛热浪的侵袭。

在伊莱内看来一切都十分明朗了,她相信另一个悲剧即将开始。伊登村正在上演类似侦探小说里的情节,很可能是哈恩嫉妒他的兄弟,因为他正充满厌恶地看着他……也许是另外一幕剧情,贝尔娜尔蒂塔和阿曼多会杀了哈恩独享那笔钱。

伊莱内设想了太多的可能性,她读的最后一本侦探小说简直让她走火入魔,她太想在现实生活中发现罪行了,甚至自认为会是个出色的侦探，同时，她也没有错过罗斯普马斯老主顾们的每个动作细节，但令她失望的是，到目前为止她还没有发现唯独自己知道村民却都不知情的事，而黛尔菲娜，这个大嘴巴，她从未把对伊莱内讲的事情当做秘密：牙医和护士的爱情，佩德罗沉迷赌博败掉了他妻子的钱财……所有这类无关紧要的事情以及其他一些不对她胃口的传言。然而说起伊莱内自己的生活，她对结婚已经不抱希望了，她不愿像老同学们一样过着普通又无聊的日子。她更愿意充满激情地投身于电视剧的创作中去，像那些邻居们一样，对平淡无奇的生活以外的事情都有着极高的热情。

奥冷特斯庄园被卖给了一个本地的庄园主，贝尔娜尔蒂塔回去清理家具和私人物品时，她让阿曼多陪她一起。他们雇佣黛尔菲娜和她的姑妈去打扫卫生，等清理完毕后又叫来了一辆货车要把这里的家具搬到拉麦基。他们还向一个慈善委员会赠送了已逝的贝拉尔米诺的衣服和其他物品。在回拉麦基的庄园以前，阿曼多和贝尔娜尔蒂塔一起来了罗斯普马斯，他们点了两瓶冰啤酒、火腿和奶酪三明治。

伊莱内已经笃定他们之间肯定有事，而且是大事。她确信自己的判断不会有错，因为第二天黛尔菲娜肯定不会守口如瓶，她会根据自己的观察对贝尔娜尔蒂塔大加评论，而伊莱内就会从这些观察和评论中获得有用的信息，对此她十分肯定。因此，第二天当黛尔菲娜出现在酒吧时，伊莱内走上前去，决定把那件衣领带刺绣的真丝衬衫送给黛尔菲娜,她知道黛尔菲娜非常喜欢这件衬衫,因为自己每次穿这件衬衫去做弥撒时黛尔菲娜总是对它赞不绝口。

"贝尔娜尔蒂塔夫人对我们非常好!"黛尔菲娜说道。

她一边说一边掸掉了酒柜上的灰尘:"她让我们进入她的房间,进入她的卧室,然后她打开衣柜,告诉我们可以随意挑选她那些华贵的服饰,因为在乡下不需要穿得这么好。于是我姑妈拿了一件深棕色羊毛大衣和一双系带皮靴,贝尔娜尔蒂塔夫人冬天可能会穿它。我选了一件聚会穿的纱裙和一双金色细高跟凉鞋,我想等到消防员周年舞会时穿。"

"拿夫人衣服这事你想说明什么?难道她要放弃现在这个身份?"

"好吧……我想说,首先她是寡妇,跟单身女人一样,而且她还像个活泼可爱的小姑娘,无论在哪儿,看到什么都会开心得发笑。她和阿曼多先生看起来很幸福。我姑妈小时候就认识她,她说贝尔娜尔蒂塔变化很大。当然,变得越来越好了。她父亲活着的时候她很严肃,还有点自负,跟现在简直判若两人。"

"她丈夫活着的时候呢?她是怎样的人?"

"事实上我从没留意过,那时她似乎就是个影子,她生命中这两个男人的影子。"

"那阿曼多做了什么?"

"他把自己关在贝拉尔米诺的书房里，检查那些文件和抽屉，他还找到了一台半导体收音机，看得出他心情不错，因为打开收音机后，还邀请我姑妈共舞，贝尔娜尔蒂塔夫人就在一旁开心地笑着，最后他们两人共舞了一曲。"

后来发生的事情是哈恩把贝尔娜尔蒂塔轧死了，原因是他开拖拉机时没有及时看到她。只有阿曼多一人给他的弟媳服丧。哈恩虽然一直陪在哥哥身边，但没有掉一滴眼泪。可怜的阿曼多伤心得快要昏厥过去了，当土开始掩埋棺材时，若不是哈恩走到他身边搀扶他，阿曼多就去给贝尔娜尔蒂塔陪葬了。

当一切恢复平静以后，这对孪生兄弟依旧在每周四来罗斯普马斯喝酒，仍然坐在同样的位置。伊莱内也还是用那双探究一切的眼睛看着他们，但不同的是，她不再注意那些细节了，因为思绪早已飞到别处，某个遥远的场景中。她忘不了黛尔菲娜应贝尔娜尔蒂塔小姐的邀请去庄园赴约，在返回的途中坠崖身亡，那又是一场事故，黛尔菲娜是骑自行车回来的，许多人认为事故是由于她凉鞋的细跟卷入车轮所致。

尽管伊莱内不太相信这个说辞，但她也不想再调查下去了，哈恩的一个眼神让她失去了调查的欲望。那眼神坚定得足够令人信服，似乎在说就在那个周四的下午，他在为哥哥担心，或者说是他哥哥的影子，因为坐在那儿的只是阿曼多的躯壳，他的灵魂已经不在了。

在伊莱内看来，哈恩的眼神向她清楚明白地传递了这样的信息："一切皆会被遗忘，时间如同沙尘暴一样会抹掉一切，所有的一切，好的抑或是坏的种子。也许现在说这话还为时过早，但最终你会理解我的，我和哥哥会一直在一起，我们会一直像这样。"

这些事对伊莱内而言并非意料之外，但跟以往不同，她没兴趣再寻根究底了而是要尽力忘掉它们。她打算当晚就开始读一部新小说……一部关于爱情的、跟神秘事件毫无关系的小说。

19. 觅得我归宿

我们是下午两点半到的,天气闷热至极,可孩子们却不在意,对他们来说乘火车旅行简直棒极了。透过车窗,这座老旧的车站正打着哈欠迎接我们。换作从前,一身制服的站长早就客气地向我们打招呼了,而现在却只有他手下几个笨手笨脚的家伙站在那里无动于衷地看着我们。

从对面的棉花厂里出来一个男孩儿,我叫住了他。他同意用小推车推着我们的包裹和手提箱把我们送到家。玛利娅和我只能汗流浃背地跟着他走,孩子们则一路小跑,一家人排成了一支奇特的纵队。街上空荡荡的,一个人也没有。我们先是朝左转,接着又走了很长一段路,最后在离门口还有几米远时,男孩儿停了下来,开始卸东西,任凭我们怎么恳求,他也不肯把行李送进院子里的回廊。听他说着那些极其难懂甚至连玛利娅都听不明白的瓜拉尼语我只好作罢,于是无奈地付了钱打发他走。玛丽娅帮我把行李搬进了屋。

房子前面是一片大约十五米长的芒果林,这让人感到一丝清凉。四周一片平静、安宁。我从钱包里拿出一把老式的大钥匙,用它打开了门厅入口的法式大门,令人意外的是门廊的玻璃窗上竟连一丝蜘蛛网都没有。此刻的我开心得想跳舞,想笑,简直太幸福了!可我现在还不能那么做,搬出来住本已让我很焦虑了,加上临行前与丈夫的争吵更是让我感到精疲力尽,此刻我需要好好休息一下。

在整理带来的东西时,天色一点点变暗,很快就全黑了。想想多年来无谓地憧憬之后,我终于住进了这幢老房子,自第一次看见柱子被暮光染成金色那刻起,我便爱上了它。

这座老房子是黄色的,阳台装有灰色的百叶窗,始终安静地矗立在那儿,被玫红色的阳光温柔地环绕着,在幽暗树林的衬托下显得格外明亮。从街上望去,房子美轮美奂,隐没在一片延伸至湖边的灌木和椰林中。

大厅很宽敞,地砖的图案精美别致,铺设得平整有序,踩上去感觉很清凉。我们点起两盏灯,玛利娅将一盏拿去了厨房,我留下了另一盏。屋子里静得出奇,这让我想起了孩子们。来到屋外,天渐渐凉了,在茂密的芒果树下,孩子们正目不转睛地望着湖边,我大声呼喊,却没人回应,他们仿佛被眼前的美景给迷住了。过了一会儿,我带孩子们一起来到他们的房间,整个房子只有这一间和我那间还保留着家具，其余房间都是空的。但光秃秃的墙上依然可见那些曾经赋予它生气的挂画留下的印迹。

何塞·玛利亚想关上百叶窗，他害怕看到窗子外的茫茫黑夜。我们在房里吃过晚餐后，玛丽娅便回到和大房子分开的佣人房去休息，孩子们累坏了，很快就进入了梦乡。

我也回到卧室，这里一个人住显得很空旷，跳动的灯火映照在窗子下面的铜床上。这张铜床又高又宽，两侧的木质床头柜表面各铺着一块白色大理石。衣柜厚重奢华，一块大大的斜角镜镶嵌在上面。

我不喜欢睡在别人的床单上，想着先换掉再躺下。可扯下床单时，我闻到一股甜甜的令人陶醉的香水味，使得我不由自主地躺下，一头陷在羽绒枕头里，感觉舒服极了。看着映入镜中的夜色，一株树干平滑的蓝桉半月形的树影凸显出来，我感到无比地安心、惬意。

躺在偌大的床上，我感觉旁边似乎有什么东西，像是某人轻盈的脚步。不知为何，我打开衣柜，翻遍了散发着茉莉花香的抽屉，然后拽出一件浅色的镶着花边的睡裙，我穿上它正合身。镜子里的我很美，看起来个子更高，头发更黑，皮肤更白。

我走出去关大门，拉长的身影投映在墙上，一切都那么虚幻缥缈，这场景我在很久以前就梦到过，就在这个地方，我对从前这房里的全部，家具、窗帘、壁画、瓷瓶都了如指掌，可今天所有这一切……既非直觉亦非幻境，而是真实的存在。

　　我的丈夫今晚不会来，以后也不会，我们说好分开度假。我们在这里，他一个人在某个河边钓鱼。现在对于这个决定我感到非常庆幸。躺在这张陌生的床上，听着不知从屋里什么地方飘来的忧伤的华尔兹，我第一次客观地审视起我和他的关系。从精神上来说，多年前我们就已经分开了。虽然彼此以礼相待，互相尊重，想法却大相径庭，夫妻关系名存实亡。按他的说法，我的兴趣过于离奇，而对我来说，他的喜好则太过现实。拿这所老房子来说，我很久以前就爱上了这里，而他却很厌恶这里。在埃杜尔多看来，这里陈旧、破败。相反，我却觉得这房子正值佳期，在秋叶的装点下，它孤傲挺立，期盼为我讲述它的故事。

　　每所房子都可以为我们讲述居住者的故事和他们的悲喜。即便是那些像玻璃和混凝土建成的立方体一样的大房子，也会低语轻诉着它们的秘密。但这所房子是独一无二的。它的屋顶仍旧回荡着久远的欢笑声和古钢琴的弹奏声，门上仍旧保留着芳香的指痕，那是时而弹奏竖琴的纤细白皙的手指所留下的痕迹。这房子让我愈发好奇，预感到自己会发现些什么，只是还不确定，充满了期待。

　　我辗转反侧难以入睡，似乎瓦片也在透过天花板注视着我。屋外乳白色的月光洒落在地面，把林间的小路涂成了白色，湿润的草地邀我踩上去。向来对月夜心存敬畏的我虽然有些害怕，但又非常渴望沿着小路走走，于是闭紧双眼，内心挣扎着走进了梦中的奇妙世界。

一大早我从梦中惊醒，但梦里的事什么也想不起来了，即便我试着努力去回忆。一种来自潜意识深处的焦虑使我不安，感觉依稀回忆起一个女人哀求的情景。

阳光很强，照亮了这间陈旧、发霉的老屋。我能看到家具上堆积的灰尘，听见吱吱嘎嘎的床响和啃食壁纸的蟋蟀鸣唱。阳光的照映下，我也看清了身上的这件长睡裙，它显得褶皱发黄，上面还有一大块昨晚没发现的污渍，衣服没洗干净就这样穿上，真有点后悔。会是谁的呢？房子现在的主人是个绝对不会穿它的单身汉，或许是之前某个女住户落下的。

店铺离得很近，与临街的大门是分开的，中间有一条藤蔓遮阴的小路。店里的商品摆得杂乱无章，仿佛被人随意地扔在那儿，上面覆盖了一层尘土。阳光从窗子射进来，把装有米、茶叶和糖的袋子烤得暖烘烘的。柜台正对着的杂粮和四季豆袋子看上去要新得多，头顶的房梁上还挂着好多瓣大蒜。脏兮兮的玻璃橱窗里，摆放着一件黄色的女式背心、一条被虫蛀了的围巾、一双肥大的袜子、一个三头枝形烛台和一个里面镶有塑料玫瑰花的玻璃球。柜台的另一面，一位面色苍白的女人和一位神情严肃、唇髭浓密的男人的肖像高高地挂在墙上，因为倾斜度太大，他们只能目不转睛地盯着地面。墙上还开有一扇门，通往红色墙壁的房间。

坦白说,看到这些后我不敢再叫店员了,担心出来招呼我的是个巫婆。但这时有人看见我了,一个上了年纪的、身材臃肿的女人从储藏间走了出来,面带神秘的微笑向我打招呼。

"早上好,女士,您好吗?"

"很好,谢谢。"我回答。我本想买一升牛奶,却被她的问题打断了。

"您昨晚睡得还好吗?"

"很好,我睡得很沉。"

"没听到什么动静吗?"

"没有,比如什么动静呢?"

"是这样的,我也不知道是否应该告诉您这些事情,但那房子总是出怪事。"

"怎么可能!"我不屑一顾地说。

她仍然面带微笑地看着我,眼里没有一丝不悦,但那眼神里内在的某种东西让我不寒而栗。她呼吸有些困难,好像有点缺氧抑或是不耐烦,很快,她便不吭声了。我直视着她,总觉得她充满敌意,令人害怕。说实话,她头发很脏,硬邦邦的,像蛇一样缠绕在一起。

"别那么说,很久以前那里发生过晦气的事,之后就没人愿意在那过夜了。"

"可我晚上睡得很安稳，而且我也不想知道很久以前发生过什么事。"

"亚松森人都是这样。"另一个人的声音掺和进来，是她的姊妹。

我赶紧付了钱，走出来。其中一个人一直跟走到大门口，她露出闪光的金牙提醒我：

"要是发生什么事，只管叫我们，我们都睡得很晚。"

简直是装神弄鬼，我心想。

"会有什么事？"

"没人说得清。"

上午的天气越来越热。我已拿定主意要成为这所被当地人看成凶宅的主人。我决定缴电费，不管花多少钱，鬼魂不会出现在有光的地方，它们只属于黑暗。

玛丽娅打扫屋子，做饭，何塞·玛丽亚和丹尼尔终于摆脱了他们父亲的管制，尽情地踢足球。黄昏，我们一起去湖边散步，那里很清净，三月份几乎没人来这里避暑。忽然，我想起了关于那所房子的传言，会是什么悲惨的事情呢？我想躲开丈夫却不想在这里不得安宁。

返回途中，我们去了堂拉乌来阿诺那里，他是村里的电话接线员，通晓村里的许多事情。他的妻子和女儿更是把他的话视若神谕。我向他打听有没有好电工,随后只能任由话题按他的思路展开。但最终他同意了我的请求,带着鼻音,囔囔地说会为我推荐一名非常负责的电工。然后,他像其他人一样也很不喜欢那所闲置的房子,便问我住在里面害不害怕。说真的,村里这种闲置的空荡荡的大房子随处可见,在任意一个角落都可能发现一所四周杂草丛生的漂亮建筑,它们沉寂着,俨然成了母鸡的栖身之所,被藤蔓肆意缠绕得几近窒息。

"为什么要害怕?"我应道,心里很不舒服,没听他回答就走了。

没人知道我有多喜欢这所房子,离开它我永远不会开心。实际上,那些神秘的传闻反而让我觉得它更有趣。

晚上八点,昏暗的屋子里静悄悄的,孩子们都睡着了,我还在等待,却不知道自己究竟在等什么。

已经两点钟了,我抽着烟,不想再看书了。灯光十分微弱,几乎什么都看不见。这让周围的一切变得更加神秘。忽然,我听见了哭声,不知是从哪里传来的,像是夹杂在最后一声钟响的回声里,我鬼使神差地想去看看是谁在哭。

只见客厅里一个漂亮的女人在默默看着我。我很平静地向她走过去,心里没有一丝恐惧。此时的大厅跟上世纪的豪宅一样灯火通明,光彩夺目,惹人喜爱。燃着蜡烛的巨大枝形灯把家具照得亮堂堂的,格外显眼。我知道这里原本就是这样的,因此毫不惊讶。大窗户上垂落的窗帘、沙发和铺着轻柔天鹅绒的长靠背椅都厚重有力,门口大大的靠壁桌上玫瑰和菊花散发着宜人的香气。

那女人娇美温柔,光彩照人,但她伤心欲绝,双手交叉着叠放在我的双手上,她的手那么冷,让我想要去保护她。她轻声细语地说了很多话,然后开始呜咽起来。她求我告诉巴布罗,让他等她,她很快就去和他相聚。但现在她得留下来照看这所房子。巴布罗是她的情人,他们之前决定一起私奔。我无须知道更多,她的痛苦我感同身受,我答应帮她。

我几乎是怀着愉快心情地向湖边走去,一路上,我能察觉到风儿是如何将长睡裙卷动到我的脚面,能感受到踏在露珠上的脚掌是怎样被打湿,我还听到了一种陌生的旋律。他已经等候我多年,终于见到了我。

皓月当空,微风轻拂着湖面,一片波光粼粼。巴布罗站在岸边,一看到我就张开双臂朝我跑来。他拥我入怀,我感到幸福至极。然后我们在沙滩上漫步,紧紧相拥。浪花轻抚着我们的身体,悄悄地消失在沙滩上。巴布罗没有说话,但我能感到他的幸福像湖水一样紧紧环绕着我。

逝去的光阴已不重要,我们期待的正是此刻的美好。过往的生命邀我们共赴涅槃,以待重生。

20. 激情小屋

我们过去常在老市场楼上的小屋里疯狂做爱,那是一个挂着残破百叶窗的宽敞、荫蔽的房间,天花板油画里几个已经褪了色的小天使窥视着我们每一次的激情。人们说,这房间曾是华贵大宅的一间,但如今这宅子早已失去了往日的华贵,甚至很难辨认,几乎成了废墟。小贩们搬了进来,房间都被租了出去。走廊被那些眼睛细长、笑容狡黠、身材矮小、皮肤偏黄的人占用或者转租。他们似乎在任何角落都能把生活料理得很好。这间小屋的房东就是这样,他是个瘦小的韩国人,深谙人类的需求。他在走廊一角安置了自己的住处,虽然不到一平方米,但这地方足够他在晚上铺张席子睡觉,在白天摆杂货摊,出售他从韩国带过来的神秘宝石。有一次他告诉我,他正在给妻子和女儿们积攒路费,他磕磕巴巴地说:"我,非常孤独,非常孤独,现在没有女人。"我感觉他在嫉妒我们的幸福。

房间依然保持着原有的风格，米色的墙壁和倾斜的弧形窗，让置身其中的我感觉自己宛如贵妇。每次上楼时我都极力避开那些站在最下面几个台阶上的小贩，因为她们总会给我递蔬菜、豆制品、西红柿、香烟等。其中一个较年轻的姑娘硬是留住了我，机灵地凑上前来，递给我一只金色的信封。

"这是用于爱情的。"她对我说道。

"什么？"

"这是一种魔法粉，用了它你永远都不会丧失爱的欲望。"

我买下来了，可我却不相信有一天我会如此不幸，因为我总是自认为欲望过盛。

打开这扇对开的门，我走了进去，一如既往，还是我先到了。床的对面，黄铜浴缸里已经放好了芳香四溢的温水。房东该如何把这些水倒出去呢？有时，夜晚辗转无眠，我就会思索这件事，思索着这个巨大的浴缸，我总是问自己这个问题。但我从未跟房东提起过。

午后的阳光穿透百叶窗照射进来，悬在空中的灰尘颗粒在光束中清晰可见，然而摩托车的噪声、卖彩券和地下赌券的小贩们聒噪的叫卖声却搅乱了这些飘浮在斑驳陆离光线里的尘埃。我开始慢慢褪去衣物，称职主妇的衣裳被我一件一件地脱掉，鞋子被我甩到墙角，装有采购物品的包也被我扔在了角落。我散开头发，浸入水中，浮在四周的泡沫将我包裹起来。浴盐的香味和烂水果、刺鼻的垃圾以及生活在佩提罗西炎热的市场里人们日复一日排泄的气味混杂到了一起。

这里离军营很近,所以安东尼奥总是趁午休,大家都卸下装备时偷着溜出来。他急切地赶到这里,两步一个台阶地跑上楼来,奔赴属于我和他的偷情私会。我们一起遍尝欢愉,尽享罪孽深重的午后。

下午三点半,我们突然听到了几声枪响。安东尼奥立刻从床上坐起,仔细分辨到底发生了什么事。他吓坏了,赶紧拿起衣服穿了起来。

"怎么了?你为什么现在就走?"

"这是埃莱娜枪声,我必须得返回军营。肯定是有人偷袭。"

"偷袭?怎么回事?"

他从来都不跟我作任何解释,一阵剧烈的爆炸声险些把我们震聋,玻璃碎片如同武器般飞溅得屋里到处都是,使这个房间瞬间就失去了此前的情趣。安东尼奥系上装有弹夹的腰带,掏出枪仔细检查后看了看我,然后走过来给了我最后一吻,跟我告别,随即就跑了出去。

他离开后我才如梦初醒,开始注意到外面的喊叫声和跑步声。伴随着宛如背景音乐般的枪声和炮火声,房屋被震得摇摇晃晃,挂在天花板上的蜘蛛也被震得荡来荡去,然而此刻,我丝毫不在乎自身的安危,像梦游者一样,从容地穿上衣服。我明白有些事已经永远地逝去了，像这样的情爱时光一去不复返了。直到现在，我对安东尼奥那个午后的告别还记忆犹新，仍能感受到他的吻落在我唇间的味道。

当彻底从恍惚的状态中清醒过来时，我突然发现自己已身在家中，可我却不记得是如何回来的。我丈夫以为我是受到了惊吓才会如此失魂落魄，所以他没有询问我原因，而是接过我的包，把我护送到床上，这期间我们一句话都没有说。年幼的女儿留在了奶奶家，只有我们两个人清醒地听着街上的枪声、叫喊声、跑步声，战战兢兢地度过了这个夜晚。天亮时我终于哭了出来，默默流淌的泪水是跟这段令我无比幸福的爱情的诀别。太阳出来后，家里恢复了供电，丈夫打开收音机，听到广播里说这一切都结束了，共和国重回和平。

"据说没有人员伤亡。"他对我说，但我明白安东尼奥已经无可挽回地离开了。但这是我不能跟丈夫提及的。

"你现在感觉如何？"他问道。

"还好，你别担心我，我要去接女儿，我吃不下早饭。"

"别去了，我看你的状态还是不好，我们还不知道广播里说的是否是实情。罗西塔在奶奶家比在自己家还好，你应该卧床休息，我出去一下看看外面的状况。"

外面局势稳定，造反派已被击退，市民的生活回归正常，恢复了往日的平和安静。人们不愿意参与政治，因为对他们来说实在太危险了。

一年后,在强烈欲望的驱使下,我又去了那间小屋。我必须要再回去一趟,躺在那张床上,浸泡在浴缸里,把安东尼奥的魂魄从我的生活中赶走,这个忘恩负义的魂魄从未回来告诉我他在那个世界过得好不好。

那里什么都没变,也许炎热的、尘土飞扬的花园里的人更多了。在走廊里,韩国人亲切愉快地接待了我。我问他能否再上楼看看,他说房间没有准备好。

"明天吧,明天我给夫人把房间布置好。我打开,打扫。明天,明天。"

这个承诺是我的救命稻草。我明白生活的风浪在肆无忌惮地鞭笞着我,唯有对重回旧爱之地的期盼,重回那个让我饱尝幸福的小屋才足以让我再次感到我还活着。

翌日,逛完芭提拉那大街的菜市场,在阿拉贡市集后面买完鲜花,在圣多明戈的一家商店试穿了一件花边衬衫后,我终于鼓起勇气重回那间激情小屋。

在踏上第一级又脏又破的大理石台阶时,我再次遇到了那个卖金色信封的姑娘。为了重温过去,我又买了下来,如同那个午后一样。韩国人正在一楼门口等候着我,但他不愿接受我给他的钱。

我走了进去。房间还是老样子,闭合的百叶窗,干净的床单，放好温水的浴缸。床头柜上一个设计精美的银罐，里面盛着冷水，旁边摆放着一只酒杯。我想起了那只信封，于是给自己倒了一杯水，把粉末撒了进去，喝了一口。然后，我褪去衣衫，缓缓步入浴缸，闭上双眼。我在等待安东尼奥的到来，像从前一样。我也在等待奇迹的发生。对此我有着强烈的信念。

  他的抚摸如此温柔，轻缓，美妙，我已经一年都没有感受过这样的爱抚了。那双善于激发情爱的手在我身上游走，为我洗去这许久以来附着在我身上的痛苦。随后，一对强劲有力的臂膀把我抱到了床上。我没有睁开眼睛，怕幻觉就此消失。我们欲火焚身，如饥似渴地做爱，相互感受着与众不同的、来自异国他乡的抚摸。事后，我便睡去了。

  醒来时，他就在我身边，歪着身子看着我，担心被我拒绝。我们什么都没说。穿好衣服后我就离开了。他知道我以后每周三都会来，我也知道他会准备好一切。他知道他不会再孤单了，而我也知道那只金色信封里的粉末发挥作用了。

21. 祝福妈妈

1970年1月17日，亚松森

亲爱的玛尔塔：

　　希望你收到此信时身体一切安好，有家人陪伴在侧。很遗憾的是我这里并非如此，因为在你走后不久妈妈就病了，而且越来越重。可以想象你的离开对她的伤害有多大，以至于你走后的头两天她整日以泪洗面，把自己关在房间，粒米未进。第三天，当我去看望她时，她用奇怪的眼神上下打量着，竟认不出是我。还因我没敲门就进她的卧室而对我厉声斥责，甚至大吵大嚷着不知自己身在何处。

　　我发誓我当时真的不知所措，被吓得浑身冰冷，她就连说话的方式也变了，经常像电视剧里那样自言自语。后来，就在我以为你离开已久、她也慢慢习惯了见不到你的生活时，我惊讶地发现她竟穿上了那条蓝色裙子，就是我为参加你的单身派对买的那条新裙子。我真是费了很大力气才说服她把裙子还给我。或许你觉得这是小事，但我却十分担心，因为妈妈酷爱红色，简直到了痴迷的程度，所以她穿这个颜色就说明她的状态不佳，甚至是十分反常。

总之，盼你康复，早日回来看望我们。多么希望你没有去那么远的地方。我非常想你，记得给我们写信。

爱你的姐姐

莱奥娜

1970年2月15日，亚松森

亲爱的玛尔塔：

很高兴收到你的来信，得知你和汉斯都很好我真的颇为欣慰。你寄给妈妈的东西我没敢向她展示，因为她现在的身体每况愈下，不宜受到一点刺激。我想我必须要告诉你一些事，尽管令人难过，但千真万确。也许你不会相信，若不是我亲眼所见我也从来没想过会发生这种事，就连在最恐怖的噩梦里也没有梦到过。上次给你写信时，我还没有带妈妈去看医生，但接下来的一周情况简直失控，我过得糟糕透了，因为艾斯克拉斯提卡夫人回老家了，她说再也不会回来了。她说的没错，事实证明她永远不会回来了。

一天早上,听到艾斯克拉斯提卡夫人急促的叫喊声,我赶紧跑了过去,只见她惊恐地跪在地上,被妈妈用紧握的拳头捶打着,任凭她怎样的哭喊和哀求,妈妈始终揪住她的头发不放并且威胁说是她偷了自己的娃娃。我被眼前这一幕吓得魂飞魄散,等回过神来时因为情急我不自觉地对妈妈吼叫着让她彻底闭嘴。当然我马上认识到自己的失误,可你知道她对我说什么了吗?她说:"老师,她是坏人,她在课间偷了我的娃娃。"

真是一场灾难。我愣在那儿一句话也说不出来,完全出乎意料。我先是安抚了艾斯克拉斯提卡夫人,随后不得不把妈妈关了起来。我以圣母的名义发誓对于此时的她我真的感到非常害怕。我给一直为她诊治的加诺医生打了电话,没想到医生来时也遭到了妈妈的攻击,导致检查无法进行,我真不清楚她哪儿来的这么大力气,因为她几乎不曾进食。加诺医生对此也束手无策,但他推荐了一名同事,据说是这方面的专家,很快这位新医生就带着一名护士乘救护车火速赶来了。他们不让我进入妈妈的卧室,但他们肯定对她做了什么,因为不久她就沉睡过去了。这样似乎对她比较好,所以从那时起,她开始靠镇静剂度日,而我必须要照顾她,给她洗漱,还要当心她会拔掉输液管。现在她每天可以安静地醒来了,但跟我说话时却像个胆怯的小女孩儿。她会用"您"称呼我,完全不认得我。这半个月我过得精疲力尽,虽然大部分时间她都在睡觉,但我却一直不能休息,直到科尔曼医生带来一名护士我才得以脱身,而她显然更专业,比我照顾得更好。阿尔弗雷德·科尔曼就是加诺医生推荐的,大约三十来岁,单身。多亏了他的帮忙,我觉得踏实多了,做事也更有章法了。但他没有告诉我这场危机将持续多久。他很关心妈妈,每天晚上都来,尽管有时来得很晚,但他还会在做完检查后,关切地询问妈妈这一天过得如何。不难看出他出身低微,因此更加努力地工作。但不管怎样,他的出现对我是种莫大的宽慰,我不但可以向他了解妈妈的病情,而且一整天里我唯一能说得上话的成年人也只有他而已,因此我总是热切地盼望着夜晚的到来。每次他给妈妈做完检查后,我们就坐在阳台上喝点浓咖啡,因为阿尔弗雷德喜欢这样。我能想象得到你读到这里脸上的表情,因为我直呼他的名字,而且我们在一起时我还毫无顾忌地用"你"来称呼他。你千万别恼火,时代变了,爸爸也不在了,他不能再约束我们的行为了;当然我们也没有什么大事,只是家里现在的情况让我感到很孤独,比以往更孤独了。

停笔之前我要对你说,得知你的喜事我很高兴。知道你和丈夫在一起很幸福,我更是由衷地感到喜悦。好了,现在已经是晚上十一点了,阿尔弗雷德就要来了,我想告诉你,我非常爱你。

你的姐姐

莱奥娜

1970 年 3 月 20 日，亚松森

亲爱的小妹妹玛尔塔：

我终于有时间给你回信了，你不会相信最近我有多忙。这都是因为家里发生了翻天覆地的变化，不过请勿担心，玛尔塔，不是更糟，而是变好了。

我让人重新粉刷了房子，是马里奥先生干的，他让家里焕然一新。我把那些没用的破旧家具送人了，换成了更时髦的家具。当然我没有换掉妈妈房里的任何东西，我想以她现在的情况不宜让她受到刺激，而且阿尔弗雷德说既然她整日不出屋，那就应该让她待在熟悉的环境里。顺便说一下，我拿到诊断书了，妈妈的病情相当严重，她得了老年痴呆。虽然不会因此死去，但也不会康复，只会越来越糟。她发怒攻击人时真的非常粗暴，没办法，我和护工我们两个人也只能在给她穿拘束衣时采取野蛮的动作。但妈妈不会觉得痛苦，因为她什么也意识不到，她大部分时间都在睡觉。

阿尔弗雷德真是个天使，他对妈妈的照顾无微不至，每天都会过来查看三次，从检查输液到床铺整理得舒适与否他总是亲力亲为。为了避免长褥疮，他还会亲自搀扶她下床，每天分别在上午、下午陪她散步半个小时。妈妈似乎把他当成爸爸了，因为我发现她看他的眼神里充满着爱意。昨天阿尔弗雷德给妈妈换药了。我不知道是新药的功效还是小夜曲的功劳，妈妈甚至还喝了点汤。因为昨晚阿尔弗雷德带来一把吉他，为妈妈弹唱了那首《心》，就像他对她的称呼一样。我想象不到这段时间以来如果没有他我会怎么样，但可以肯定若不是他的劝导和支持我活不到今天。

考虑到现在的开销越来越大，所以阿尔弗雷德建议，应该让妈妈签字授权让我管理她银行里的钱。

明天，萨拉博瑞博士和他女儿会来办手续，他是爸爸的老律师，他女儿是公证人。到时阿尔弗雷德也会在场，必要时，他会说服妈妈，因为比起我，妈妈更喜欢他。妈妈管我叫小姐，跟我说话时用"您"称呼我，态度和善却冷漠，当然万幸的是我知道她不是故意冷落我。既然事已至此，不管我们愿不愿意相信，妈妈都已经变成了另一个人，我们熟悉的妈妈已经死了，现在是另一个人占据了她的身体。为了让你有个更清晰的认识，我给你形象地描绘一下：如今的妈妈是个七十七岁的婴儿，甚至不能自己吃饭。这就是人生，玛尔塔，我们必须坦然接受这些，并且心怀信念。其实我也得感谢这一切，让我拥有了陪伴和力量，甚至我还学会了去发现简单事物的美好。现在我每天清晨都出去，而且很早就出去，到花园里观赏植物萌发的新芽，祝福新绽放的花朵仿佛它们就是陪伴我的姐妹。你别误会，我没有怪你，我理解你现在的生活是守在丈夫身边，准备迎接即将出世的孩子，为此我祝福你。

正好，你问过我，我和阿尔弗雷德之间是否有点什么，答案是肯定的。我们每天晚上都出去约会，留妈妈和护士在家。我想我已经足够大了，可以决定自己的事。经历过这么多我发誓我不要再像过去那样活着，一直被妈妈保护和约束，而且我也越发觉得你飞离这个巢穴是正确的选择。有时家庭的确会让人透不过气。

非常非常爱你的姐姐吻你
莱奥娜

1970 年 7 月 23 日，番樱桃花之月

亲爱的玛尔塔：

你为何不给我写信了，我亲爱的小妹妹？你不知道我多么需要你的来信，你是我唯一的亲人，妈妈已经指望不上了，如今她就是个陌生人。在告诉你最新的消息前，我请求你不要因为我要告诉你的事而怨恨我。毕竟你离我太远了，遇到事情我无人可以托付。

一切发生得太快了，快得有些失控，我承认我可能搞错了，但你知道我从来都不像你那样独立和勇敢。

对于阿尔弗雷德在特殊时期来到这里帮助我这件事,你在上一封信中说我已经是个成年人了、不用提醒我我被陌生男人欺骗的事实。但我还是要说他没有骗我,他的确帮助了我,因为连主治医生都不知如何处理妈妈的病情。至于我已经是个成年人这表面上是个事实,但实际上我并不成熟,四十年来,我被父母精心保护和照顾,只为让我留在家里侍奉他们。我也确实这样做了,你在读书甚至取得学位时,我和父母坐在一起给他们读杂志,照顾他们的饮食,哄他们开心。爸爸过世后,你可以随意出入家门,在女性朋友家留宿,只因为有我从早到晚和妈妈在一起,陪伴着她。当时她因情绪低落,也没有注意到你不在家里。但自从她走出低谷后,她开始禁锢你的青春、你的快乐,你要和汉斯结婚、跟他去德国这件事对她是个巨大的打击。那时你只会为自己觉得难过,却看不见她天天在摧残自己,因为你已经完全沉迷于你的普鲁士王子对你的疯狂追求,忽视了你身后的事情。当然,你怎么会看得到呢,因为只剩下我和妈妈两个无关紧要的女人。现在我知道你会很生气,因为我和阿尔弗雷德结婚了,他比我小几岁,且出身低微没有能满足你虚荣心的姓氏。可我请求你不要轻易评判我,你应该站在我的角度去理解我。

别以为我瞎了眼真以为阿尔弗雷德爱上了我,我一点儿也不这样认为。不否认我曾真心期盼他会爱上我,因为活到人生这个阶段,我还真想体验一次激情澎湃的爱情,如同柯琳·特拉多小说里描写的那种爱情。但现实让我学会了只拿生活赐予我的东西。看到妈妈现在的样子，我意识到我没有时间了，我不能再坐在这里幻想，等待生活来眷顾我。我和阿尔弗雷德在一起如同伙伴，相互尊重并逐渐适应彼此。我们拥有相似的喜好，互相尊重，彼此互补。我曾渴望有一个男人，一个可以让我依靠的人，他适合这个角色。而他需要一个出身高贵的女人（用这个词让我觉得很可笑）帮他拓展人脉，使他在事业上得以攀爬。而且，我告诉你：我们的结合钱是决定性因素，我不惜把钱花在能让我幸福的任何事情上，虽然现在不如我期待的那么幸福，因为我很少见到阿尔弗雷德，他工作很忙，我们没有时间交谈，没有时间一起喝咖啡，甚至简单聊聊一天新闻的时间都没有。总之，他所做的一切都是为了他的事业。不过你别担心，我这种"疯狂"不会让你破产，我们都知道爸爸有巨额财产，他虽然一直活得像个吝啬鬼，但他在银行里有很多钱和财产。公证人仔细保管着这些财产的另一半。若你决定回来，这些财产会原封不动由你继承。

现在最严峻的事情是：我不得不让妈妈去住院。她住的是最好的养老院，在那里她会被照顾得很好。你肯定会问我为什么要这样做，没办法，我只能告诉你：她的病情恶化了，已经分不清白天和黑夜。她整天鬼哭狼号不让我们睡觉，连护士也无计可施，不得不辞职，为此我也不能责怪她。妈妈总是不厌其烦地一遍遍地重复你的名字，因为一到晚上她就什么都能想起来了，哭喊着抱怨你抛弃了她。我告诉你这些不是为了让你感到愧疚,只是想说妈妈突然发病不是因为患有老年痴呆,而是由于你的离开。可能此前就已经表现出很多症状了,但我们没有重视才会这样。我只是想让你知道没人能够阻止她发疯。

请给我写信,玛尔塔,我需要你,我感到很孤独。

我非常爱你

莱奥娜

1971年2月7日,亚松森

亲爱的玛尔塔:

希望你收到这封信时身体安康,身边有家人陪伴。我们一切都好,只是我和妈妈暂住的这个奇怪的房子酷热难忍。据说阿尔弗雷德·科尔曼博士,妈妈的新医生,他把我们两个送到这里是为了更好地给我们治病,因为我们感染了奇怪的时疫,昏迷了很久。当我逐渐恢复意识后,我感觉很糟,因为我不在自己家里,周围的一切都那么陌生,幸好我看到妈妈睡在我旁边的小床上我才安下心来。

这里有很多病人整天在院子里走来走去,自言自语,有时我真的感到很害怕。这里有一个护士,人非常坏,她试图让我相信妈妈是"傻子",没错,她用的就是这个词,她说是我把妈妈送进医院的。她还说我们会死在这里，很快就会有人把我们带到无支付能力的人住的房间，因为我丈夫私吞了我所有的钱。什么丈夫，玛尔塔？难道我结过婚？我发誓在此之前我从来不相信会有像这个护士这么坏的人。幸亏阿尔弗雷德博士对我们很好，他每次来的时候都会送我们巧克力，尽管他很少过来。

　　妈妈在叫我了，我得停笔了。一个好心的先生说他会帮我寄信，他会填上收信人地址。所以我把你的地址告诉他了，因为他们不允许我们出去。告诉你一件事，妈妈现在越来越和蔼了，她用"您"称呼我，还叫我小姐。我猜这一定是害我们生病的时疫导致的后遗症。

　　希望很快能见到你。记得给我写信。

爱你的姐姐，莱奥娜